셜록 홈스 단편선

세계문학산책 31
셜록 홈스 단편선

지은이 아서 코넌 도일
옮긴이 붉은여우
펴낸이 안용백
펴낸곳 (주)넥서스

초판 1쇄 인쇄 2013년 5월 15일
초판 1쇄 발행 2013년 6월 1일

출판신고 1992년 4월 3일 제311-2002-2호
121-840 서울시 마포구 서교동 394-2
Tel (02)330-5500 Fax (02)330-5555

ISBN 978-89-6790-149-3 04800

출판사의 허락없이 내용의 일부를
인용하거나 발췌하는 것을 금합니다.

가격은 뒤표지에 있습니다.
잘못 만들어진 책은 구입처에서 바꾸어 드립니다.

www.nexusbook.com
지식의 숲은 (주)넥서스의 인문교양 브랜드입니다.

세계문학산책 31

아서 코넌 도일

셜록 홈스 단편선

붉은여우 옮김 김욱동 해설

지식의숲

차 례

머스그레이브가의 의식문 사건

특이한 사건

내 친구인 셜록 홈스는 참으로 남다른 구석이 많은 사람이다. 그는 엽궐련(담뱃잎을 썰지 않고 돌돌 말아서 만든 담배)을 석탄 양동이에 넣어 두기도 하고, 담배를 페르시아 슬리퍼 앞 끝에 끼워 넣는가 하면, 아직 답장을 하지 않은 편지를 목조 난로 위의 선반에다 얹어 놓고 조그만 칼로 찔러 두기도 한다.

그뿐만 아니라 물건을 치우지 않고 어질러 놓아 옆에 있는 사람조차 정신이 없다. 무엇보다도 곤란한 것은 엄청나게 많은 서류인데, 자기가 손댄 사건에 관한 서류들이어서 그런지 몹시 소중하게 여기면서도 도무지 정리를 하지 않는다. 서류 분류를 2, 3년에 한 번밖에 하지 않아, 우리 하숙방은 언제나 약품이나 사건 기념품 등으로 가득하다. 간혹 그것들이 엉뚱한 곳에 섞여 들어가 버터 접시나 이상한 장소에서 모습을 나타내는 바람에 황당해 한 적도 여러 번이다.

사건을 해결하고 난 다음에는 마치 겨울잠을 자는 동물처럼 꼼짝하지 않는 버릇이 있다. 바이올린을 켜거나 책을 읽거나 탁자와 소파 사이를 오고 가는 것 말고는 전혀 움직이려고 하질 않는다.

그의 사고는 누구와 비교할 수도 없을 정도로 치밀하면서 체계적이고 차분하다. 또한 복장도 무척 단정한데, 개인적인 습관은 같이 있는 사람을 정신없게 만들 정도로 산만하고 절도가 없다.

물론 나도 깔끔하고 부지런한 남자는 못 된다. 보헤미안 기질을 타고난 데다 아프가니스탄에서 거친 일을 했기 때문인지, 의사에게 전혀 어울리지 않을 정도로 털털하고 게으르다.

어느 겨울밤, 나와 홈스는 난롯가에 앉아 있었다. 특별히 하는 일 없이 생각에 잠겨 있는 홈스에게 나는 참다못해 먼저 말을 꺼냈다.

"홈스, 지금부터 두 시간쯤 방을 치우고 나서 쉬는 게 어떻겠나?"

그도 내가 한 제안을 거부할 수 없었는지 무표정한 얼굴로 고개를 끄덕이더니, 침실에 들어가서 커다란 양철 상자를 끌고 나왔다. 홈스는 그것을 방 한복판에 내려놓더니 등받이가 없는 의자에 털썩 주저앉았다. 뚜껑을 열고 안을 들여다보니 이미 빨간 테이프로 따로따로 묶은 서류 다발이 3분의 1가량 들어 있었다.

홈스가 장난기 어린 눈으로 나를 보며 말했다.

"왓슨, 이걸 보게. 이게 모두 사건 기록들이라네. 나는 이 상자 안에 흩어져 있는 것들을 치우려고 끌어내 온 것일세."

"홈스, 이것들이 모두 자네가 손댄 사건 기록들이란 말이지. 좀 구경해도 괜찮겠나?"

"그럼! 내 전기 작가가 나를 영광으로 감싸기 전에 처리했던 초기 사건 기록일세."

홈스는 다정하고 애정 어린 손길로 서류를 한 묶음씩 집어 들었다.

"그동안 무척 많은 사건이 있었지, 맞아, 이것은 좀 특이한 사건이었네."

홈스는 상자 속에서 작은 나무 상자를 끄집어내더니 그 속에서 구겨진 종이쪽지와 낡은 황동 열쇠, 실 꾸러미가 달린 나무 막대기, 녹슨 금속 원판 세 장 따위를 내놓았다.

"왓슨, 이게 뭔지 아나?"

홈스는 내 표정을 보고 싱긋 웃으며 물었다.

"모두 괴상한 물건들이로군."

"정말 괴상하지. 그러나 이것에 얽힌 이야기를 들으면 더 기묘하다는 생각이 들 걸세."

"그럼, 이 물건들에 얽힌 이야기가 있단 말인가?"

"그렇다네. 이것들 자체가 이야기라네."

"그게 무슨 뜻이지?"

셜록 홈스는 물건들을 하나하나 들어서 탁자 가장자리에 늘어놓았다. 그리고 의자에 다시 고쳐 앉더니 아주 만족한 듯한 표정으로 그것들을 바라보았다.

"이것들은 머스그레이브 집안의 의식문 사건을 해결한 뒤에 내가 남겨 둔 기념품들이지."

그다지 자세하게 말하지는 않았지만, 홈스가 그 사건에 대해서 몇 번인가 입에 올리는 것을 들은 일이 있었다.

"그 사건에 대해서 이야기해 줄 수 없겠나? 지금 당장 말일세."

"방을 이렇게 어질러 놓고 말인가?"

홈스가 장난기 있게 웃으면서 말했다.

"자네의 깔끔한 성격도 별것 아니군. 하지만 좋아. 이 사건은 우리 영국은 물론이고, 다른 어느 나라에서도 비슷한 예를 찾을 수 없을 정도로 희한한 사건이라네. 자네가 이 사건의 기록을 정리해 준다면 나도 기쁘겠네. 내가 관계한 많은 사건 중에서 이만큼 별난 것도 찾아보기 힘들다네."

홈스는 이렇게 말하고 나서 다음과 같은 긴 이야기를 시작했다.

홈스의 이야기

자네도 기억하고 있겠지만, 내가 처음 런던에 왔을 때는 몬태규 거리의 대영 박물관 근처에 방을 빌렸는데, 날마다 빈둥거리고 놀면서 지냈지. 하지만 그때에도 사건을 해결해 달라고 부탁하는 사람이 제법 있었네. 대개 대학 동창들이 소개한 것이었는데, 아마도 대학 시절의 끝 무렵에 나와 내 추리 방법에 대해 제법 소문이 났었기 때문인 듯싶네.

그렇게 해서 세 번째로 들어온 사건이 바로 이 '머스그레이브 가의 의식문 사건'이라네.

그 기묘한 일련의 사건은 세상의 관심을 불러일으켰고, 결국 그 사건은 나에게 값비싼 재산이 되었지. 나를 지금의 위치에 올라서게 한 밑거름이 되었으니까.

레지널드 머스그레이브는 나와 같은 대학에 다녔지만, 그와 나는 겨우 인사나 하는 정도의 사이였네. 그는 학우들 사이에서 그다지 인기가 없었어. 키가 크고 바싹 마른 체격에 코가 높고 눈이 큰 데 비해, 행동은 소심했던 것 같아. 그렇지만 태도가 예의 발라서 제법 귀족다운 데가 있는 청년이었지.

사실, 그는 영국에서 가장 역사가 오래된 명문가의 후손이었네. 그의 집안은 16세기에 북부의 머스그레이브 본가에서 갈라져 나와, 서식스에 정착한 분가였지. 헐스톤에 있는 그 집안의 저택은 서식스 주에서 가장 오래되었을 것이네.

우리는 몇 번 이야기를 나누기는 했지만, 별다른 대화는 아니었어. 다만 그가 나의 관찰과 추리 방법에 큰 관심을 보인 것만큼은 지금도 기억하고 있네.

졸업 이후에도 그를 만난 적이 전혀 없었는데, 4년 뒤인 어느 날 아침에 몬태규 가의 내 방으로 머스그레이브가 찾아왔네. 그는 4년 전과 비교해서 그다지 변한 데가 없었어. 그는 학생 때도 유행에 민감했는데, 나를 찾아왔을 때도 최신 유행하는 옷차림에 여전히 조용하고 기품 있는 태도였네."

"머스그레이브, 오랜만일세. 그동안 잘 지냈나?"

악수를 한 뒤 내가 물었네.

"자네, 혹시 내 아버지가 돌아가셨다는 소식을 들었는지 모르겠네만……, 2년 전에 세상을 떠나셨어."

그가 이렇게 말문을 열며, 이야기를 시작하더군.

"그때부터 아버지가 갖고 계시던 영지를 내가 관리할 수밖에 없었고, 게다가 지역 의원이라서 여러 행사에 참석하면서 꽤 바쁘게 생활하고 있네. 그런데 홈스, 자네는 우리들을 놀라게 한 자네의 그 재능을 실제로 발휘하고 있다면서?"

"이제는 내 힘으로 먹고살지 않으면 안 되니까 어쩔 수 없지 않은가?"

"자네의 말을 듣고 안심했네. 내게는 지금 자네 지혜를 빌려야 할 일이 있다네. 실은, 최근에 내 영지에서 아주 기묘한 일이 몇 가지 일어났거든. 경찰에서도 아무런 단서를 찾지 못하고 쩔쩔매고 있네. 어떻게 설명할 수 없는, 정말로 괴상하고 불가사의한 사건이야."

왓슨, 내가 그 친구의 말에 얼마나 열심히 귀를 기울였는지는 자네도 상상이 되겠지? 몇 개월 동안 사건이 없어서 심심하고 따분했던 참이었으니 말일세. 다른 사람이 실패한 사건이라도 나는 성공할 수 있다는 확신을 마음 깊은 곳에 갖고 있었네. 그리고 그때야말로 나 자신을 시험할 수 있는 절호의 기회라고 생각했네.

"그사이 있었던 일을 상세히 이야기해 보게."

나는 마치 이런 일을 기다리고 있었던 사람처럼 다급하게 물었네.

레지널드 머스그레이브는 나와 마주 보고 앉아 내가 권한 궐련에 불을 붙이면서 이야기를 시작하더군.

"먼저 알아야 할 것이 있네. 홈스, 자네도 알다시피 나는 아직 독신이지만 우리 집에는 많은 식구가 있네. 집이 워낙 크기 때문에 상당수의 사람들을 고용하지 않을 수 없는 형편이지. 사냥터 관리도 해야 하고, 꿩 사냥철에는 언제나 파티를 열기 때문에 늘 일손이 필요하다네. 하녀가 모두 여덟 명, 요리사와 집사가 한 명씩, 그리고 시종 두 명과 급사 한 명이 있네. 정원과 마구간에도 물론 사람을 두고 있고…….

이들 중에서 가장 오래 근무한 사람은 집사 브런튼이야. 젊었을 때 교사였던 사람인데, 실직한 그를 아버지가 집사로 일하게 했다네. 사람도 믿을 만하고 부지런해서, 얼마 지나지 않아 아버지께 큰 신임을 받았다더군. 체격이 좋은 데다 얼굴까지 잘생겨서, 남자 중의 남자라는 말을 듣는 사람이지. 우리 집에 온 지 20년이나 되었지만 아직 마흔은 넘지 않았을 걸세. 외국어를 몇 개씩 구사할 뿐 아니라, 여러 가지 악기를 연주하는 재능을 갖고 있다네. 그렇게 오랫동안 집사라는 일을 하는 게 이상하게 여겨질 만큼 똑똑한 사람이지.

하지만 우리는 나름대로 그가 자기 일에 만족하고 있다고 생각했고, 직업을 바꾸는 것도 이미 늦은 일이라고 여겼네. 우리 집을 다녀간 손님이라면 누구라도 인상 깊은 인물을 꼽을 때 그를 빠뜨리지 않을 정도로, 사람들이 그에게 보이는 관심은 대단했다네.

그런데 이 탓할 것 하나 없어 보이는 인물에게도 결점이 있었는데, 그것은 그에게 바람둥이 기질이 있다는 것이었네. 작고 평화로운 마을에서, 그렇게 사람들의 주목을 받는 남자가 바람둥이 짓을 하면, 어떤 결과가 나타날지는 자네도 짐작할 수 있을 거야.

아내가 있는 동안은 그런 대로 괜찮았지만, 아내가 죽고 나서는 끊임없이 일을 저질렀네. 몇 달 전에 하녀인 레이철 하우얼스와 약혼했기 때문에 좀 나아지리라 생각했는데, 얼마 안 가서 이 여자를 버리고 사냥터 관리인의 딸인 재닛 트레젤리스와 가까운 사이가 되고 말았네. 레이철은 착한 처녀이긴 하지만 웨일스 인답게 괄괄한 성격 탓에, 미친 사람처럼 떠들며 온 집 안을 헤매고 다녔다고 하더군. 어쩌면 이것이 헐스톤의 첫 번째 비극인데, 얼마 뒤에는 그런 일에 신경도 쓰지 못할 만큼 큰 사건이 일어나고 말았다네. 그 일은 집사인 브런튼을 해고하고부터 시작되었는데, 까닭은 이렇다네.

앞에서도 말했듯이 집사는 머리가 좋은 사람인데, 그것이 그 자신을 망치는 원인이라는 생각이 들더군. 이상하게도 그는 자신과 전혀 관계없는 일에 끝없는 호기심을 보이곤 했다네. 우연한 기회에 내가 그것을 알아내지 못했다면, 그의 호기심이 언제까지 계속될는지 아무도 알 수 없는 일이었다네.

참고로 말하자면, 우리 집은 필요할 때마다 아무렇게나 늘려 지은 저택이라 터무니없을 정도로 크기만 하다네. 지난주 어느 날 밤, 정확하게 말하면 목요일 밤에, 나는 어리석게도 저녁 식사 뒤에 진한 커피를 마셔서 그런지 좀처럼 잠이 오지 않더군. 그래서 잠을 이루지 못하고 뒤척거리다가 잠잘 것을 포기하고 자리에서 일어났네. 그때가 새벽 두 시쯤이었는데, 나는 소설이라도 읽어 볼까 하고 촛불을 켰지. 그런데 읽던 책을 당구실에 두고 왔던 게 떠올라 가운을 걸치고 나갔다네.

당구실로 가려면 먼저 계단을 내려가, 서재와 총기실이 있는 복도를 꺾어서 지나야 하네. 그런데 복도 끝에 있는 서재의 열린 문으로 희미하게 불빛이 새어 나오고 있는 것이 아니겠나. 그때 내가 얼마나 놀랐는지……. 그 순간, 나는 도둑이 들었나 하는 생각을 했었네. 내가 잠을 자러 가기 전에 직접 램프를 끄고 문을 닫아 두었기에 그렇게 생각하는 것도 무리는 아니었네.

헐스톤 저택의 복도 벽에는 옛날 무기들이 장식되어 있네. 나는 그중에서 전투용 도끼를 뽑아 들고, 살금살금 복도를 걸어가 열려 있는 문틈으로 안을 들여다보았네.

그런데 서재에는 집사 브런튼이 있더군. 낮에 입은 옷차림 그대로 소파에 앉아 있었어. 무릎 위에 지도 같은 종잇조각을 올려놓고, 한 손을 이마에 댄 채 무언가를 골똘히 생각하고 있더라고.

나는 너무나 놀랐지만 소리도 내지 못한 채 어둠 속에서 그를 지켜보았네. 탁자 가장자리에 있던 작은 초가 희미하게 빛을 발하며 사방을 비췄기 때문에 자세히 볼 수 있었지.

그는 갑자기 의자에서 일어서더니 옆에 있는 책상으로 다가가, 열쇠로 서랍 하나를 열더군. 그리고 거기서 서류 한 장을 꺼낸 다음 의자로 돌아가더니, 탁자 가장자리의 작은 촛불 옆에서 그 서류에 적힌 것을 열심히 들여다보더라고.

나는 그가 우리 집안에 대대로 전해져 내려오는 고문서를 들여다보고 있다는 생각이 들어, 화가 치밀어 올라 나도 모르게 그만 앞으로 나아갔네. 그 순간 문 앞에 서 있는 나를 발견한 브런튼의 얼굴이 공포로 인해 흙빛으로 변하는 것 같더니만, 자리에서 벌떡 일어나더군. 그러고는 들여다보고 있던 지도 같은 종이를 허둥지둥 품 안에 넣는 것이 아니겠나.

그 모습을 보면서 내가 소리쳤지.

'지금까지 받은 신뢰에 대한 보답을 이런 식으로 할 생각인

가? 은혜도 모르는 사람 같으니라고! 내일 당장 이 집에서 나가게.'

그는 몹시 일그러진 얼굴로 고개를 숙이고는 한마디 말도 하지 않은 채 내 곁을 살며시 빠져나가더군.

초는 아직 탁자 위에 켜진 채로 있어서, 그 불빛으로 아까 브런튼이 책상 서랍에서 꺼낸 서류를 살펴보았네. 그런데 그것은 어이없게도 중요한 문서가 아니라, 옛날부터 머스그레이브 가문의 의식이라고 불리는 독특한 행사에 사용하는 문답의 사본에 지나지 않았네.

그 의식은 우리 가문의 남자가 성인이 되었을 때 거행하는 의식으로, 이미 몇 세기 전부터 계속되어 왔지. 그것은 우리 가문의 문장처럼 고고학자에게는 얼마쯤 중요하게 여겨질지도 모르나, 실용적인 값어치는 조금도 없다네."

"그 문서에 대해서는 나중에 다시 이야기하는 게 좋겠군."

내가 중간에 그의 말을 자르며 내 의견을 말했네.

"정말로 자네가 그럴 필요가 있다고 생각한다면⋯⋯."

그러면서 그는 조금 망설이는 듯하다가 다시 하던 말을 계속해 나갔네.

"그럼, 이야기를 계속하겠네. 나는 브런튼이 놓고 간 열쇠로 서랍을 잠그고 서재에서 나오려고 돌아섰지. 그런데 집사가 언제 돌아왔는지 내 옆에 서 있어서 깜짝 놀랐네.

그는 볼멘소리로 이렇게 말하더군.

'주인님, 억울합니다. 저는 지금까지 정직하게 일해 온 것을 자랑으로 삼아 왔습니다. 해고는 저에게 죽음과 마찬가지입니다. 이런 일로 쫓겨나는 것을 스스로 용납할 수가 없습니다. 부디 용서해 주십시오. 하지만 아무리 애를 써도 주인님께서 저를 용서하실 수 없다면, 저를 한 달 뒤에 나가게 해 주십시오. 이렇게 부탁드립니다. 그리고 제가 쫓겨나는 것이 아니라 개인적인 사정으로 그만두는 것으로 해 주신다면, 평생토록 그 은혜 잊지 않겠습니다. 제발 부탁입니다.'

'참으로 뻔뻔스럽군. 브런튼, 자네가 한 짓이 얼마나 비열한 행동인지 모르는가! 그러나 그동안 우리 집에서 일한 정리를 생각하여 문제를 표면화하지는 않겠네. 그러나 한 달은 너무 길어. 앞으로 일주일 안에 나가도록 하게. 그만두는 이유는 자네 마음대로 붙여서 얘기해도 좋네.'

'겨우 1주일입니까? 적어도 2주일 정도는 시간을 주십시오.'

그는 절망적인 목소리로 애원하듯이 말하더군.

'1주일이네. 이것도 나로서는 크게 아량을 베푸는 것이라고 생각하지 않나?'

나는 단호하게 말했네.

그는 모든 것이 끝나기라도 한 것 같은 얼굴로 고개를 수그리고 무겁게 발걸음을 옮기더군. 나는 불을 끄고 침실로 돌아왔다네.

그 일이 있은 다음, 이틀 동안 브런튼은 아무런 내색을 하지 않은 채 평소처럼 부지런히 일을 하더군. 나는 아무 말도 하지 않은 채, 그가 자신이 저지른 일을 어떻게 마무리할 것인지 지켜보았네.

그런데 사흘째 되는 날 아침, 아침 식사가 끝났는데도 그가 나타나지 않더군. 다른 때 같으면 지시를 받기 위해 정확한 시간에 나타났을 텐데 말이네.

나는 식당을 나서다가 하녀 레이철 하우얼스와 마주쳤네. 앞서도 말했지만, 그녀는 브런튼과 약혼했다가 나중에 파혼당한 아가씨라네. 이 아가씨는 그때 받은 충격에서 아직도 헤어나지 못했는지 애처로울 정도로 얼굴빛이 좋지 않더군. 나는 너무 측은해서 위로를 해 주었네.

'좀 더 누워 있어야 하지 않겠나, 레이철? 몸이 충분히 나으면 일을 하도록 하지.'

그러자 그녀가 뭐라 표현할 수 없는 묘한 표정으로 나를 바라봤기 때문에, 나는 그녀가 정말로 돌아 버린 것이 아닌가 하는 생각까지 들더군.

'주인님, 이제 완전히 나았어요.'

'의사 선생님 말을 들어. 아직 일은 무리야. 당분간 일을 하지 말고 푹 쉬도록 해. 그리고 아래층에 내려가거든 브런튼에게 올라오라고 일러 줘.'

'집사님은 떠났습니다.'

'떠나다니? 어디로 떠났단 말인가?'

'어디로 떠났는지는 아무도 모릅니다. 하지만 방에도 없습니다. 그래요, 간 것이 확실합니다.'

레이철 하우얼스가 벽에 기댄 채 날카로운 소리로 웃으며 말했기 때문에, 나는 갑작스러운 히스테리 발작에 놀라서 벨을 눌러 사람들을 불렀다네. 달려온 사람들이 계속 울부짖는 레이철을 그녀의 방으로 데려갔기 때문에 나는 브런튼을 직접 찾아 나섰다네.

집사가 자취를 감춘 것은 사실이더군. 그의 침대에는 잠을 잔 흔적이 없었고, 전날 밤 자기 방에 들어간 이후 그의 모습을 본 사람이 아무도 없었네. 어떻게 저택을 빠져나갔는지를 아는 사람도 없었다네. 집 안에 있는 창과 문이 모두 안에서 잠겨 있었으니까. 그의 옷과 시계는 물론, 돈까지 그대로 방에 남아 있었네. 그런데 언제나 입고 있던 검은 옷과 슬리퍼는 보이지 않았어. 다만 구두는 남아 있더군. 그렇다면 집사 브런튼은 어디로 간 것일까? 지금쯤 어떻게 되었을까?"

머스그레이브는 여기에서 잠깐 숨을 돌렸다가 이야기를 계속했네.

"물론 지하실부터 지붕 밑 다락방까지 모두 찾아보았지만, 그의 흔적은 어디에도 남아 있지 않았네. 전에도 말했듯이, 우리 집은 미로처럼 복잡하고 낡은 저택이네. 그래서 더 샅샅이 뒤졌지만 행방불명된 집사는 발견되지 않았네. 가진 재산을 모두 두고 가다니, 나는 도저히 믿을 수가 없더군. 도대체 그는 어디로 갔을까? 경찰을 불러서 부탁했지만 아무 소용이 없었네. 전날 밤에 비가 내렸기 때문에 집 둘레의 잔디밭과 길에 흔적이 남아 있을까 하고 조사해 봤지만, 아무런 자국도 찾을 수가 없었어. 그런데 또 새로운 사건이 발생해서, 나는 이 수수께끼를 잠시 잊어버리고 있었네.

레이철 하우얼스가 병이 도져서, 때로는 의식이 몽롱해졌고 때로는 발작을 일으켰네. 그래서 간호사를 불러 밤새 간병까지 시켜야만 했어. 브런튼이 없어지고 사흘째 되던 날 밤, 환자가 얌전히 잠들어서 간호사도 안락의자에 앉아서 잠시 졸았다고 하더군. 그러다가 새벽녘에 문득 눈을 떠 보니 침대가 텅 비어 있었고, 창문이 열린 채 병자가 없어졌다고 하는 거야.

나는 이 소식을 듣고 일어나 시종 두 명과 함께 없어진 환자를 찾으러 나섰지. 창 밑에서 그녀의 발자국이 발견되었기 때문에 어느 쪽으로 갔는지는 곧 알 수 있었어. 발자국은 잔디밭을 지나 연못까지 이어졌고, 저택 밖으로 나가는 길에서 가까운 연못 가장자리에서 끝나 있었네. 깊이가 3미터나 되는 연못 앞에서 정신 나간 가여운 여자의 발자국이 끊어진 것을 보고 우리들 기분이 어땠는지는 상상할 수 없을 거네.

곧바로 연못의 물을 퍼냈지만, 이상하게도 시체는 발견되지 않았네. 그 대신 생각지도 못한 것을 건져 냈다네. 삼베 자루였는데, 그 안에는 녹슬고 오래되어 변색된 금속 덩어리 하나와 탁한 빛이 나는 돌멩이, 그리고 유리 파편 같은 것이 몇 개 들어 있더군. 이 기묘한 물건들 말고는 연못에서 아무것도 건져 내지 못했네.

어제는 할 수 있는 모든 방법을 동원해 수색을 했지만 레이철 하우얼스와 리처드 브런튼의 행방에 대해서 아무것도 알아내지 못했네. 경찰도 손을 들고 말더군. 그래서 마지막 희망을 안고 자네를 찾아온 것일세."

머스그레이브는 이러한 사실을 거의 쉬지 않고 단숨에 말했다네.

홈스는 이렇게 긴 이야기를 끝내고 나서 파이프 담배를 맛있게 피우더니, 나를 돌아보며 말했다.

왓슨, 내가 얼마나 열심히 이 일련의 괴사건에 귀를 기울였는지, 그리고 그것들을 연결해 공통되는 실마리를 찾으려고 노력했는지 상상할 수 있겠나?

집사도 행방불명, 몸이 아픈 하녀도 행방불명⋯⋯. 더구나 하녀는 집사를 사랑했고 그와 약혼했는데, 나중에 일방적으로 파혼을 당하자 심한 충격을 받고 배신감과 증오심을 느꼈겠지. 여자는 웨일스 사람답게 괄괄한 성격이었어. 그렇기 때문에 집사가 없어진 것을 안 뒤에 몹시 흥분했을 걸세. 그런데 여자는 이상한 물건이 든 삼베 자루를 연못에 던져 넣고 사라져 버렸네⋯⋯.

이것들이 이 사건에 대한 실마리가 될 만한 전부일세. 하지만 단 하나도 사건의 중심에 관계되는 것이 없어서 도무지 감을 잡을 수가 없었네.

나는 머스그레이브에게 이 사건과 관련하여 입을 열었네.

"머스그레이브, 그 서류를 보고 싶네. 그 서류는, 집사가 해고될 위험을 무릅쓰면서까지 조사할 가치가 있다고 생각한 것 아닌가?"

"그것은 정말 우스꽝스러운 내용이라네. 하지만 전통이 오래되었다는 것만은 분명하지. 여기에 그 문답의 사본이 있으니, 한번 보게나."

그는 지금 내가 여기에 갖고 있는 서류를 건네주었네. 이것은 기묘한 문답으로, 머스그레이브 가문의 남자가 성인이 되었을 때 받는 거야. 원문을 그대로 읽을 테니 들어 보게나.

그건 누구의 것이었던가?

떠나간 사람의 것이다.

누구의 것이 될 것인가?

앞으로 올 사람의 것이 될 것이다.

몇 번째인가?

맨 처음부터 여섯 번째이다.

태양은 어디에 있었는가?

떡갈나무 위에 있었다.

그림자는 어디에 있었는가?

느릅나무 아래에 있었다.

어떻게 걸었는가?

북쪽으로 열 걸음, 또 열 걸음,

동쪽으로 다섯 걸음, 또 다섯 걸음,

남쪽으로 두 걸음, 또 두 걸음,

서쪽으로 한 걸음, 또 한 걸음.

그리고 그 아래로 향한다.

우린 무엇을 바쳐야 하는가?

우리가 가진 모든 것을 바쳐야 한다.

무엇 때문에 바치는가?

신의를 위해서 바친다.

자, 보게. 왓슨, 원문에는 날짜가 적혀 있지 않지만 17세기 중반의 맞춤법으로 씌어져 있네.

머스그레이브가 덧붙여 설명을 해 주더군.

"홈스, 이것은 수수께끼 해결에 그다지 도움이 되지 않을 거야."

그래서 내가 대답해 주었네.

"이것으로 수수께끼가 또 하나 늘어났다고 생각하네. 처음 수수께끼보다도 이쪽에 더 흥미가 생기는군. 한쪽의 수수께끼를 풀면 다른 쪽의 수수께끼도 풀릴지 모르네. 내가 이런 말을 하는 것은 뭣하네만……. 머스그레이브, 자네의 집사는 여간 영리한 남자가 아니군. 10대에 걸친 머스그레이브 가문의 주인보다도 더 날카로운 통찰력을 갖고 있다는 생각이 드는군."

"글쎄, 과연 그럴까? 자네 말이 잘 이해가 되지 않네. 나는 이런 의식문은 전혀 쓸모가 없다고 생각하는데."

"나는 아주 중요한 의미가 있다는 생각이 드는군. 아마 집사도 나와 같은 생각을 했을 것이 분명하네. 그는 자네에게 들키기 전에도, 분명히 이 의식문을 여러 번 보았을 거야."

"그럴지도 모르지. 우리 집에서는 이걸 특별히 숨겨 두지 않았으니까……."

"얼핏 이런 생각이 드는군. 브런튼이 마지막 순간에 이 서류에 있는 내용을 확인하려고 했을 거야. 그가 무언가 지도 같은 것을 갖고 있었고, 이 문서와 대조하다가 자네가 나타나자 당황해서 주머니에 넣었다고 하지 않았나?"

"그랬네. 하지만 브런튼이 우리 집안의 오래된 의식문 같은 것에 관심을 가질 이유가 있을까? 이 우스꽝스러운 문답에 무슨 대단한 의미가 담겨 있을 리도 없고……."

"그 문답의 의미를 알아내는 것은 그리 어려운 일이 아닐 수도 있네. 자네만 괜찮다면, 다음 기차로 서식스에 가서 현장을 좀 더 자세히 살펴보고 싶은데……."

이렇게 해서 그날 오후에 우리 두 사람은 머스그레이브 가문의 영지에 도착했네. 자네도 그 유명한 옛 저택의 그림이나 설명을 본 일이 있을 걸세. 그래서 간단히 설명하겠는데, 그 건물이 기역 자 모양이라는 것만 말해 두지. 긴 쪽이 새로 증축한 부분이고, 짧은 쪽이 오래된 본관이네.

옛 건물 중앙의 문 위에는 1607년이라고 새겨져 있었지만, 전문가들은 들보나 석조 부분은 그보다 훨씬 더 오래되었다고 진단하더군. 이 옛 건물은 벽이 엄청나게 두껍고 창문이 작아서 18세기부터는 사람이 살지 않았어. 그때는 창고 정도로만 쓰고 있더군. 그 뒤에 새롭게 건물을 증축했다네. 저택 주위에는 노목이 무성한 훌륭한 정원이 있었고, 아까 말한 연못은 저택에서 200미터 정도 떨어진 가로수 길 옆에 있었네.

왓슨, 나는 그곳에 당도하자마자 서로 다른 수수께끼 세 개가 사실은 하나로 연결되어 있다고 확신했어. 그리고 그 머스그레이브 가문의 의식문을 올바로 해독할 수만 있다면 집사 브런튼과 하녀 하우얼스의 행방을 찾을 수 있다고 믿었네. 그래서 나는 머스그레이브 가문의 의식문에 쓰여 있는 뜻을 파악하는 데 온 힘을 기울였네.

집사가 의식문에 담긴 뜻을 알고 싶어 한 이유가 무엇일까? 지금까지 몇 세대에 걸친 주인들이 알지 못했던 무언가를 그가 발견했고, 그것으로 자신이 어떤 이익을 얻게 될 거라고 생각한 건 아닐까? 그렇다면 도대체 그것이 무엇일까? 또한 그 비밀이

브런튼에게는 어떤 이익을 가져다줄 것인가? 나는 그 의식문을 여러 번 읽은 다음 생각에 생각을 거듭했다네.

나는 문답을 읽을 때 확신했는데, 그 몇 걸음이라는 것은 어딘가의 장소를 가리키는 게 틀림없다고 생각했네. 그렇기 때문에 그 지점을 발견한다면, 머스그레이브 가문의 의식문에 담겨 있는 수수께끼도 자연히 풀릴 것이라고 생각했네.

여기에는 먼저 두 가지 실마리가 있는데, 떡갈나무와 느릅나무일세. 떡갈나무는 별 문제가 없었네. 저택 정면, 마차가 지나는 길 왼쪽에 커다란 떡갈나무가 떡 버티고 서 있었으니까.

"이 나무는 자네 가문에서 처음 의식을 지낼 때부터 줄곧 여기에 있었겠군."

마차가 그 옆을 지나칠 때, 내가 그 떡갈나무를 올려다보며 머스그레이브에게 물었지.

"물론이지. 노르만 정복(노르망디 공 윌리엄이 영국을 정복하여 노르만 왕조를 세움, 1066년) 때부터 있었던 모양이야. 나무 둘레가 8미터 가까이 된다네."

그가 대답했고, 이것으로 한 가지는 확인한 셈이었지.

"오래된 느릅나무는 없는가?"

"저쪽에 아주 오래된 것이 있었는데, 10년 전에 벼락을 맞아서 베어 버렸다네."

"어디에 있었는지는 알 수 있나?"

"물론이지."

"다른 데는 느릅나무가 없나?"

"다른 느릅나무는 없네. 너도밤나무라면 얼마든지 있지만……."

"느릅나무가 있었던 곳을 한번 가 보고 싶네."

우리는 마차에서 내리지 않고 그대로 잔디밭을 지나 그 느릅나무가 있었던 곳으로 갔네. 그곳은 떡갈나무와 저택의 중간쯤이더군. 내 추측은 거의 정확하게 들어맞았어.

"혹시 느릅나무의 높이가 어느 정도였는지 알고 있나?"

"물론 알고 있네. 21미터였네."

"어떻게 그런 걸 다 기억하나?"

너무 뜻밖의 일이라, 나는 깜짝 놀라서 물었네.

"그렇게 놀랄 일이 아니네. 내가 어렸을 때 가정 교사가 수학을 가르칠 때 언제나 나무 높이를 재게 했거든. 그래서 나는 저택 안의 나무와 건물 높이를 모두 재어 보았다네."

이것은 기대하지 않았던 행운이었네. 생각했던 것보다 훨씬 많은 것을 알아낼 수 있었으니까 말이네.

"혹시, 자네의 집사가 내가 한 질문과 비슷한 것을 물은 적이 없었나?"

그러자 레지널드 머스그레이브는 깜짝 놀라 나의 얼굴을 바라보더군.

"그러고 보니 생각나는 것이 있네. 몇 달 전에 브런튼이 그 나무의 높이에 대해 내게 물어본 적이 있었네. 마부하고 의견이 달라 말다툼을 했다면서 말이야."

왓슨, 이것은 참으로 근사한 정보였네. 내 짐작이 틀림없다는 것을 확인했으니까 말이야.

태양을 올려다보니 해가 상당히 기울어서, 한 시간 정도 있으면 떡갈나무 꼭대기에 걸릴 거라고 계산했지. 이것으로 의식문에 쓰여 있는 문장 하나가 분명해질 것이라는 생각이 들었네. 태양이 떡갈나무 위에 있었다는 글귀 말이야.

그리고 느릅나무의 그늘이란 것은 그 그늘의 맨 끝을 뜻하고 있을 것이라고 생각했네. 그러므로 태양이 떡갈나무 바로 위를 지나갈 때, 느릅나무 그늘의 맨 끝이 어디에 오는가를 찾아내기만 하면 되는 것이었지.

하지만 왓슨, 그것은 그리 쉬운 일이 아니었네. 느릅나무가 이미 그곳에 없었으니까. 그러나 브런튼이 할 수 있는 일이라면 나도 할 수 있다고 자신했네. 사실 그렇게 어려운 일도 아니었어.

나는 머스그레이브와 함께 서재로 가서 나무를 깎은 다음, 내가 가지고 간 실을 매고 1미터마다 실에 매듭을 만들었네. 그리고 두 개를 연결하면 2미터가 되는 낚싯대를 갖고 머스그레이브와 함께 느릅나무가 있었던 곳으로 갔네. 태양은 마침 떡갈나무 바로 위에 와 있더군. 나는 그 낚싯대를 곧장 세우고 그림자의 방향과 길이를 기록했지. 길이는 3미터가 되더군. 물론 이것으로 계산이 간단히 끝났지. 2미터 되는 낚싯대가 3미터짜리 그림자를 만든다면, 21미터 되는 나무는 31.5미터의 그림자를 만들 거고, 물론 그림자의 방향은 두 개가 같을 걸세.

나는 느릅나무가 서 있던 곳에서부터 거리를 재어 보았는데, 그 거리가 건물 벽에 가까운 곳까지 오더군. 그래서 나는 그곳에 말뚝을 박아 놓았지. 그런데 내가 나무 말뚝을 박은 곳에서 5센티미터도 떨어지지 않은 곳에 조그마한 흠이 하나 있더군. 말하지 않아도 뻔한 일이지만, 브런튼이 표시를 했던 흔적일세. 나는 내 생각이 틀리지 않았다는 사실에 들뜨기까지 했다네.

이곳을 출발점으로 해서, 나는 우선 주머니 나침반으로 방향을 확인한 다음 보폭으로 거리를 재기 시작했네. 의식문의 글귀대로 북쪽으로 열 걸음을 두 번 반복하고 나서, 그곳에 말뚝을 박아 표시를 했네. 그리고 조심스럽게 동쪽으로 다섯 걸음을 두 번, 남쪽으로 두 걸음을 두 번 재었네. 그러자 낡은 건물의 현관 입구에 이르게 되더군. 그리고 거기에서 서쪽으로 두 걸음을 걸으니 돌을 깔아 놓은 통로까지 와 버리더군. 거기가 바로 의식문에서 말한 장소였다네.

하지만 왓슨, 나는 그때처럼 실망으로 온몸이 얼어붙은 적이 없었네. 순간 내 계산이 어딘가에서 근본적으로 틀렸나 싶어 다시 차근차근 짚어 보았네. 왜냐하면 서쪽으로 넘어가는 태양이 복도 바닥을 붉게 비추고 있었기 때문이라네. 사람들의 발길에 닳은, 오래된 바닥의 회색 돌은 회반죽으로 단단히 굳어 있었으니 말이야.

그런데 그곳에는 브런튼이 아무런 흔적도 남겨 놓지 않았더군. 나는 바닥의 돌을 두드려 보았지만 어디에서나 같은 소리가 났고, 갈라진 틈이나 깨어진 흔적은 전혀 발견되지 않았네.

홈스의 추리

그런데 다행히도 머스그레이브가 내 행동의 의미를 이해했는지, 나와 마찬가지로 흥분해서 의식문을 꺼내 놓고 생각에 잠기더군.

"그리고 그 아래로 향한다고 쓰여 있잖나? 홈스, 자네는 그 아래란 말을 보지 못하고 넘어간 것일세."

순간, 머스그레이브가 흥분하여 외쳤네.

나는 잊은 것이 아니라, 아래쪽을 파라는 의미라고 생각했네. 하지만 내 생각이 틀렸음을 이내 깨달았지.

"그럼, 이 아래에 지하실이 있단 말인가?"

"그렇다네, 이 건물이 세워졌을 때부터 있었네. 저 문으로 내려가게 되어 있네."

우리들은 돌로 만들어진 구불구불한 계단을 내려갔네. 머스그레이브가 성냥을 켜고 구석의 통 위에 놓여 있던 랜턴에 불을 붙였지. 사방이 환해져서 주변을 둘러보니, 그곳이 바로 내가 생각했던 곳이었네. 그리고 최근에 누군가가 그곳에 왔었다는 것도 단번에 알 수 있었네.

그곳은 창고로 사용되고 있었는데, 바닥에 흩어져 있어야 할 장작이 벽 쪽에 쌓여 있는가 하면 중앙이 깨끗하게 치워져 있었어. 그 치워진 바닥 중간쯤에 크고 묵직하고 네모난 돌이 있었고, 중앙에 녹슨 쇠고리가 달려 있었네. 그리고 거기에 두꺼운 바둑판무늬의 머플러가 매어져 있었어.

"아니, 이것은 브런튼의 머플러야! 그가 이것을 두르고 있는 것을 본 적이 있네. 확실하네. 그런데 그는 도대체 여기서 무슨 짓을 한 거지?"

그때 나는 그 지방 경찰에 연락해서 경관을 보내 달라고 말했네. 잠시 뒤에 경관 두 사람이 왔다네. 나는 목도리를 잡아당겨

서 무거운 돌덩이를 들어 올리려고 했는데 혼자서는 불가능했어. 경관 한 명에게 도움을 받아 겨우 돌을 한쪽으로 옮길 수 있었네.

돌을 들어내니, 그 밑에 검은 구멍이 입을 벌리고 있더군. 머스그레이브는 무릎을 꿇고 랜턴으로 구멍 밑바닥을 비췄다네. 구멍 깊이는 2미터쯤 되었는데 그 아래로 사방 약 1미터 정도인 작은 지하실이 보이더군. 한쪽 구석에 놋쇠 판으로 보강된 튼튼한 나무 상자가 있었고, 뚜껑이 위로 열려 있었네. 이상한 것은 구식 열쇠가 열쇠 구멍에 꽂힌 채로 있다는 점이었어. 상자 겉면에는 먼지가 두껍게 쌓여 있었고, 습기와 벌레로 판자는 부식되어 있더군. 안쪽에는 버섯이 나 있었지. 금속 원판, 그것은 아마도 옛날 동전 같았는데, 지금 내가 갖고 있는 거라네. 그 상자 밑에 다른 것은 아무것도 없었고, 이 동전만 흩어져 있었네.

그러나 그때는 낡은 상자 따위에 대해 주의를 기울일 겨를이 없었네. 그 옆에 웅크리고 있는 것이 눈에 띄었기 때문일세. 그것은 검은 옷을 입은 사람이었는데, 두 팔로 상자를 안듯이 하고 이마를 상자 가장자리에 붙이고 있었네. 그러한 자세였기 때문에 얼굴에 피가 쏠려 몹시 일그러져 있더군.

처음에는 누구인지 알 수 없었는데, 시체를 끌어 올린 뒤 시체의 키와 옷차림, 두발 등을 본 머스그레이브가 행방불명된 집사라고 하더군. 죽은 지 며칠 된 것 같았지만, 몸에는 칼에 다친 상처나 긁힌 자국 등이 전혀 없어서 사망 원인을 추측할 수 없었네.

왓슨, 솔직히 말해 처음에 나는 그 의식문에 쓰여 있는 곳만 발견하면 모든 문제가 저절로 해결될 줄 알았네. 그런데 이렇게 되고 보니 머스그레이브 가문의 조상이 조심스레 감춰 둔 물건의 정체는 전혀 밝혀지지 않은 채 원점으로 돌아간 상태였어. 밝혀진 사실은 오직 브런튼이 죽었다는 것뿐이었네.

브런튼이 어쩌다가 그런 꼴을 당했는지, 또 하녀 레이철이 어디에 있는지를 분명히 밝혀야만 했네. 그래서 나는 지하실 구석에 있는 나무통에 걸터앉아서 처음부터 차근차근 사건을 정리해 보았네.

왓슨, 이러한 경우에 내가 쓰는 방법이 무엇인지 자네는 잘 알고 있지 않은가. 나는 우선 브런튼의 입장에서 생각해 보기로 했네. 우선 그의 지능을 추측하고, 내가 그런 경우였다면 어떻게 행동했을지를 상상해 보았지. 이 경우에는 브런튼의 머리가 아주 좋았기 때문에 간단했네.

브런튼은 이 집안에 보물이 감춰져 있다는 것을 알았네. 그리고 그리 어렵지 않게 그 장소를 찾아냈네. 그런데 뚜껑으로 쓴 돌이 너무나 무거워서 혼자서는 어떻게 할 수가 없었어.

그럼, 브런튼은 어떻게 했을까? 전혀 알지도 못하는 사람의 도움을 빌릴 수는 없었겠지. 누군가 집 안 사람의 도움을 받아야 하지 않겠나? 그렇다면 누구에게 부탁하는 것이 가장 좋을까?

남자라는 동물은 자신이 여자에게 심하게 했어도, 자기를 사랑하는 여자는 끝내 그 마음을 저버리지 않는다고 믿는 족속일세. 브런튼은 레이철에게 달콤한 말로 속삭여서 화해를 한 다음, 쉽게 공범으로 만들었던 거지. 그리하여 그들은 늦은 밤에 지하실로 내려가 힘을 합쳐서 돌을 들어 올렸을 거야.

여기까지는 마치 내가 현장을 보았던 것처럼 두 사람의 행동을 유추할 수 있었네.

하지만 돌을 두 사람이 들어 올리더라도, 한쪽이 여자이기 때문에 생각처럼 쉽지는 않았을 걸세. 건장한 서식스의 경관과 내가 했을 때도 결코 쉽지 않았거든.

그러면 두 사람은 어떻게 돌을 들어 올렸을까? 내가 그였다면, 도구를 이용하지 않았을까…….

그렇게 생각한 나는 자리에서 일어나 바닥에 흩어져 있는 장작들을 주의 깊게 살펴보았네. 그리고 거기에서 내가 찾는 것을 발견했지. 길이 1미터쯤 되는 장작개비 하나가 눈에 띄더군. 그 밖에도 상당한 무게로 찍어 누른 것처럼 옆면이 평평한 장작이 여러 개 있었네. 분명히 그들은 틈새에 차례로 장작을 끼워 넣은 다음 돌을 끌어 올렸을 걸세. 마침내 사람이 기어 들어갈 만큼 돌이 들리자, 장작을 직각으로 놓아 돌을 받쳤을 걸세. 돌의 무게가 모두 다른 돌 끝에 닿은 장작 하나에 실리니까 그런 자국이 생기는 것이 당연하지 않겠나. 여기까지는 나의 추측이 틀리지 않았을 거라는 생각이 들더군.

그런데 지금부터 심야의 참극을 어떻게 재현하면 좋을까? 구멍으로는 한 사람밖에 들어갈 수가 없네. 물론 브런튼이 들어갔고, 레이철은 위에서 기다리고 있었겠지. 그다음에 브런튼은 나무 상자의 자물통을 연 다음, 안에 들어 있던 것을 레이철에게 건네주었을 거야. 이렇게 가정적으로 말하는 것은, 그때까지는 내용물이 발견되지 않았기 때문이지. 그리고……, 그러고 나서 다음에 무슨 일이 생겼을까?

자기 마음을 짓밟은 ─ 우리가 생각하는 이상으로 짓밟았는지도 모르지. ─ 남자가 지금 자기의 손아귀에 있다고 느꼈을 때, 잘 흥분하는 이 웨일스 여자의 마음 상태는 어떠했을까? 혹시 의식 깊은 곳에서 잠자고 있던 복수의 불길이 꿈틀거리며 일어나지는 않았을까…….

돌을 괴고 있던 장작이 빠져 버리고, 브런튼이 산 채로 무덤에 갇힌 것이 우연이었을까? 아니면 그녀가 갑자기 그 버팀목을 밀쳐서 돌이 덜컥 떨어진 것은 아닐까? 어느 쪽이라 하더라도 나로서는 그 여자의 모습이 눈에 선하게 보이는 듯했네.

브런튼이 건네준 보물 자루를 움켜쥔 채 나선 계단을 미친 듯이 뛰어 올라가는 그녀의 모습……. 얼마 뒤, 그녀의 뒤에서 희미한 비명 소리와 함께 자신의 목숨을 짓누르는 돌판을 필사적으로 두드리는 소리가 울려 퍼졌을 것이네.

다음 날 아침, 레이철이 창백하게 질린 얼굴로 히스테릭한 웃음소리를 낸 이유가 바로 그 때문이었을 거라고 생각하네.

왓슨, 그러면 상자 속에는 무엇이 들어 있었을까? 레이철은 그것을 어디다 숨겼을까?

물론 머스그레이브가 연못에서 끌어 올린 옛 금속과 작은 돌이 그것임에 틀림없을 걸세. 그녀는 자기 죄가 탄로날까 봐 그 흔적을 지우기 위해 일찌감치 연못에 그것을 던졌을 거야.

나는 20분가량 꼼짝도 하지 않은 채 문제에 대해 생각했지. 아직도 머스그레이브는 창백한 얼굴로 내 곁에서 랜턴을 들고 밑의 구멍을 들여다보고 있더군.

그는 끌어 올린 나무 상자 속에 들어 있던 동전을 내게 보여 주면서 이렇게 말했네.

"이것은 찰스 1세(1600 ~ 1649년, 크롬웰 혁명파에 의해 처형됨)의 초상이 있는 금화야. 의식문이 언제 쓰였는가를 추정할 수 있는 것도 이것 때문이지."

"흠, 이 밖에도 찰스 1세에 관한 물건이 좀 더 발견될지도 모르겠군."

이렇게 말하는 순간, 의식문의 첫머리에 쓰인 두 가지 말의 의미가 갑자기 내 머리에 떠오르더군.

"연못에서 건져 올린 자루 속의 물건을 살펴볼까?"

우리는 계단을 올라가 그의 서재로 들어갔네. 그가 자루에서 잡동사니를 꺼내 내 앞에 늘어놓더군. 내가 보고 있는 동안, 그는 별것 아닌 듯이 그것들을 바라보았는데 어쩌면 당연한 일인지도 모르지. 금속은 시꺼멨고, 작은 돌은 아무런 광택도 없었으니까.

그런데 내가 그중의 하나를 소매로 문지르니, 움푹 팬 내 손바닥의 어두운 곳에서 번쩍 하고 빛을 내더군. 금속 덩어리는 이중 고리 모양이었는데, 우그러져서 원형을 잃었지만 보물이었던 거야.

"자네도 기억하고 있겠지만, 왕당파는 찰스 1세가 죽고 나서도 영국에서 최후까지 저항했고, 나중에 망명할 때는 중요한 소유물을 어딘가에 묻어 뒀을 걸세. 아마도 평화로운 때가 오면 꺼내야겠다고 생각했을 거야."

내가 이렇게 말하자, 머스그레이브가 보완해서 설명을 하더군.

"나의 선조이신 랄프 머스그레이브 경은 왕당파의 중심인물로, 망명 시절에 찰스 2세의 오른팔 노릇을 했네."

"그래! 이것으로 빠져 있던 마지막 고리가 손에 들어온 것 같군. 머스그레이브, 축하하네. 약간 비극적인 상황이긴 하지만. 자네는…… 그 자체로도 고가지만, 역사적 골동품으로 매우 가치가 있는 유물을 손에 넣었네."

"그게 무슨 뜻인가?"

머스그레이브가 놀란 나머지 숨이 차서 묻더군.

"다름 아닌 영국 왕의 옛 왕관이네."

"뭐, 왕관이라고?"

"그래, 틀림없어. 의식문에 있는 말을 다시 새겨 보게. 뭐라고 써 있었지? '그건 누구의 것이었던가?', '떠나간 사람의 것이다.' 이것은 찰스 1세의 처형 후 상황이네. 그리고 '누구의 것이 될 것인가?', '앞으로 올 사람의 것이 될 것이다.' 이것은 찰스 2세를 가리키는 것으로, 왕위 복귀를 이미 예상하고 있었던 거지. 원형이 찌그러져 볼썽사납게 된 이 왕관이 옛날에는 스튜어트 왕조 역대 왕들의 머리를 장식했다는 것은 의심의 여지가 없어 보이는군."

"그것이 어째서 연못 속에 있었을까?"

"그 질문에 대답하는 데는 조금 시간이 걸릴 것 같군."

그렇게 말하고 나서, 나의 추리와 증거물의 상관관계를 설명해 주었네.

내 이야기가 끝나기도 전에 저녁 어스름이 밀려오는가 싶더니, 밝은 달이 하늘에 휘영청 걸려 있었네.

"그렇다면 찰스 2세가 귀국했을 때, 어째서 왕관을 찾지 않았을까?"

머스그레이브가 왕관을 자루에 넣으면서 묻더군.

"그건 나도 모르겠네. 자네의 의문은 영구히 해결되지 못한 채 수수께끼로 남아 있을지도 모르지. 비밀을 알고 있었던 머스그레이브 경이 그 이야기를 전하지 못한 채 죽어서, 의식문의 비밀을 풀 열쇠가 있었지만 어떤 연유가 있어 그걸 누구에게도 설명해 주지 못한 거지. 그리고 의식문은 그날부터 오늘에 이르기까지 아버지에게서 아들로 전해졌고, 마침내 어떤 남자가 그것을 손에 넣고 비밀을 알아낸 것이지. 그것을 행동으로 옮기고는 목숨을 잃었지만 말이야."

왓슨, 이것이 머스그레이브가의 의식문 사건의 전모라네.

그 왕관은 지금 헐스톤 저택에 보관되어 있다네. 법률적인 문제 때문에 상당한 돈을 지불하고 겨우 소유를 허락받았지만 말이야. 내가 소개했다고 하면, 머스그레이브는 자네에게도 기꺼이 왕관을 보여 줄 걸세. 하지만 하녀 레이철의 소식은 그 뒤로도 전혀 들을 수 없었네. 아마도 자신이 저지른 죄에 대한 기억을 안고서 영국을 떠나 어딘가로 가 버렸을 테지…….

두 번째 핏자국

분실된 비밀 서류

어느 해 가을, 화요일 아침이었다. 전 유럽에서 이름을 떨치고 있는 인물 두 사람이 베이커 가에 있는 우리의 누추한 하숙집을 방문했다. 한 사람은 높은 코에 매서운 눈매를 지녔는데, 언뜻 보기에도 위엄이 느껴지는 인물이었다. 그는 영국 수상을 두 번째로 지내고 있는 그 유명한 벨린저 경이었다. 또 한 사람은 가무잡잡한 얼굴에 이목구비가 뚜렷하고, 아직 중년이 채 되지 않는 점잖은 신사였다. 그는 현직 우파 의원이자 유럽 담당 장관으로 영국에서 가장 촉망받는 정치인인 오너러블 트렐로니 호프였다.

벨린저 수상과 호프 장관은 신문이 어지럽게 널려 있는 긴 의자에 나란히 앉았다. 그들의 핼쑥하고 근심 어린 표정으로 봐서 한시가 급한 중요한 문제라는 것을 짐작할 수 있었다.

벨린저 수상은 푸른 혈관이 뚜렷이 보이는 가느다란 손으로 우산의 상아 손잡이를 움켜쥔 채 어두운 표정으로 나와 홈스를 번갈아 바라보았다. 그 옆에 있는 호프 장관은 초조한 듯 콧수염을 잡아당기기도 했고 시곗줄에 매달려 있는 도장집을 만지 작거리기도 했다.

"홈스 씨, 편지가 없어진 것을 발견한 건 오늘 아침 여덟 시였 습니다. 그 즉시 수상님께 보고 드렸더니, 홈스 씨에게 사건을 의뢰하자고 제안하셨습니다."

"경찰에 알리셨나요?"

"아니요."

벨린저 수상은 그의 특징으로 알려져 있는 신속하고도 단호 한 태도로 말했다.

"아직 알리지 않았고, 알릴 수도 없소. 경찰에 알리게 되면 모 든 국민이 알게 될 거요. 우리는 이 사건을 국민들이 알게 하고 싶지 않소."

"그건 왜 그렇습니까?"

"잃어버린 편지가 매우 중요한 거라서, 그 내용이 알려지면 유럽의 국제 관계가 위태로워질 겁니다. 평화냐 전쟁이냐 하는 문제가 그 편지에 달려 있다고 해도 과언이 아니오. 그 편지를 아무도 모르게 찾을 수 없다면 차라리 덮어 두는 편이 낫소. 편지를 훔쳐 간 자들이 노리는 바가 바로 그 편지의 내용을 알리는 것이기 때문이오."

"알겠습니다. 그런데 호프 장관님, 편지가 분실된 상황을 자세히 설명해 주실 수 있겠습니까?"

"홈스 씨, 사실 별로 설명할 내용이 없소. 그 편지는 외국의 어느 국왕에게서 엿새 전에 온 것이오. 워낙 중요한 편지라서 낮에는 사무실에 있는 금고에 넣어 두고, 매일 저녁마다 화이트홀 테라스에 있는 집으로 가져가서 침실에 있는 문서 보관함에 넣고 열쇠로 잠갔소. 어제저녁에도 편지가 문서함 속에 있었소. 그 점에 대해선 확신할 수 있소. 저녁 식사를 하려고 옷을 갈아입으면서 문서함을 열고 편지가 안에 있는지를 확인해 봤으니까 말이오. 그런데 아침에 일어나서 보니 편지가 없었소. 문서함은 어젯밤 내내 화장대 거울 옆에 놓여 있었소. 나는 비교적 잠귀가 밝은 편이고, 아내도 그렇소. 만약 밤새 누군가가 침실에 들어왔다면 우리 부부가 몰랐을 리가 없소. 그런데 어처구니없게도 아침에 일어나 보니 편지가 사라진 거요."

"저녁 식사는 몇 시에 하셨나요?"

"일곱 시 반이오."

"그리고 얼마 뒤에 잠자리에 드셨나요?"

"아내가 극장에 갔기 때문에 나는 아내가 돌아오기를 기다렸소. 우리가 침실에 들어간 시간은 열한 시 반쯤일 거요."

"그럼, 문서함이 네 시간 정도 무방비 상태로 방치되어 있었다는 얘기군요."

"꼭 그렇지만은 않소. 침실은 우리 부부 외에는 아무도 들어갈 수 없게 되어 있소. 물론 아침에는 가정부가 드나들거나 낮에 집사와 아내의 하녀가 드나들긴 하지만, 밤에는 아무도 드나들지 못하오. 세 사람 다 오랫동안 우리 집에서 일해 왔기 때문에 믿을 수 있는 사람들이오. 게다가 그들은 문서함 안에 일반적인 외교부 서류들보다 중요한 것들이 들어 있다는 사실을 알지 못하오."

"그럼, 그 편지에 대해 알고 있던 사람은 누가 있죠?"

"집 안에 있는 사람은 그 누구도 모릅니다."

"부인은 알고 계셨겠지요?"

"아니요, 모르고 있었소. 오늘 아침 그 편지가 없어진 걸 알았을 때까지 아무런 얘기를 하지 않았으니까."

벨린저 수상은 매우 믿음직스럽다는 듯이 고개를 끄덕였다.

"호프 장관, 자네가 공무에 대해 강한 책임감을 가지고 있다는 건 일찍부터 알고 있었네만……. 나 역시 이렇게 국가적으로 중요한 기밀은 아무리 가까운 부부 사이라도 말해서는 안 된다고 생각하네."

호프 장관은 머리를 숙였다.

"그렇게 인정해 주시니 감사할 따름입니다. 오늘 아침에 편지가 없어진 걸 알기 전까지, 저는 결단코 아내에게 그 편지에 관한 이야기를 단 한마디도 하지 않았습니다."

"하지만 부인이 그 편지에 대해 짐작할 수 있지 않았을까요?"

"아닙니다. 홈스 씨, 아내는 짐작할 수 없었을 거요. 아내뿐만 아니라, 그 누구도 짐작할 수 없었을 겁니다."

"전에도 서류를 잃어버린 적이 있나요?"

"한 번도 없었소."

"영국에서 그 편지에 대해 알고 있는 사람은?"

"어제 각료 회의에서 각 부처 장관들에게 알려 주었소. 원래 회의 내용을 외부에 알려선 안 되지만 상황이 이러니만큼 말씀드립니다만, 그 편지에 관해서 수상께서 특별히 비밀을 지키도록 당부하셨습니다. 그런데 몇 시간도 채 지나지 않아 내가 그 편지를 잃어버렸으니……."

호프 장관의 단정하게 생긴 얼굴이 갑작스레 치밀어 오르는 절망감으로 일그러졌다. 그는 양손으로 머리칼을 쥐어뜯었다.

잠시 동안 우리는 감정적이며 불안정한 그의 모습을 지켜보았다. 하지만 곧 그는 마음을 가라앉히고 침착한 어조로 말했다.

"장관들 외에 관계 부서에서 알고 있는 관리도 두셋 있을 거요. 그 밖엔 그 편지에 관해 아는 사람은 영국에 없소. 그건 확실하오."

"그러면 외국에서는 어떻습니까?"

"외국에서 그 편지를 본 사람은 편지를 쓴 본인뿐이라고 생각하오. 편지가 공식적인 경로로 전달된 것이 아닌 걸로 봐서 틀림없이 그 나라의 장관들도 몰랐을 거요."

홈스는 잠시 생각에 잠겨 있다가 말을 꺼냈다.

"좀 더 깊이 물어도 괜찮다면……. 그 편지에 도대체 무슨 내용이 들어 있으며, 그 편지를 분실하면 어떤 중대한 결과가 벌어지는지에 대해 설명해 주실 수는 없습니까?"

수상과 장관은 재빨리 눈짓을 주고받았다. 그러고 나서 수상은 난처한 듯 눈살을 찌푸렸다.

"홈스 씨, 그 편지의 봉투는 길고 얇으며 옅은 푸른색을 띠고 있소. 붉은 초로 봉해 놓았고, 그 위에는 웅크린 사자 모양의 도장이 찍혀 있소. 주소는 커다랗고 획이 굵은 필적으로……."

홈스가 말을 가로막았다.

"물론 그런 자세한 부분에도 흥미가 있고 실제로도 꼭 알아

두어야 할 점이긴 합니다만……, 제 질문은 좀 더 근본적인 문제에 관한 것입니다. 전 그 편지에 적힌 내용을 알고 싶습니다."

"홈스 씨, 그건 매우 중요한 국가 기밀이기 때문에 말씀드릴 수가 없습니다. 그리고 제 생각엔 그럴 필요도 없을 것 같은데요? 제가 익히 들어 온 홈스 씨의 명성대로 지금 설명 드린 것과 같은 봉투를 찾아 주신다면 나라를 위해 큰일을 하신 대가로 정부가 할 수 있는 데까지 보수를 드리겠소."

홈스는 미소를 지으며 일어섰다.

"두 분이 영국에서 가장 바쁘신 분들이란 건 잘 알고 있습니다만, 저 또한 저대로 맡고 있는 사건이 많습니다. 대단히 유감스러운 일이지만, 이 사건에 협력해 드릴 수가 없네요. 더 얘기해 봤자 시간 낭비일 뿐입니다."

수상은 벌떡 일어서더니, 장관들까지 쩔쩔매게 만드는 그 무서운 눈초리로 홈스를 바라보았다.

"홈스 씨, 이런 일은 처음이오……."

수상은 화를 가라앉히고 다시 자리에 앉았다. 그리고 잠시 숨을 고르는 듯하더니 어깨를 으쓱하며 말했다.

"좋소, 홈스 씨. 당신의 조건을 받아들이겠소. 당신 말이 옳소. 당신을 전적으로 신뢰하지 않으면서 어떻게 당신에게 사건을 의뢰할 수 있겠소?"

"지당하신 말씀입니다."

호프 장관이 말했다.

"그럼, 당신과 왓슨 의사를 믿고 얘기하겠소. 이 편지의 내용이 새어 나가면 우리나라에 큰 불행이 닥칠 위험이 있소. 두 분은 나라를 사랑하는 마음으로 비밀을 지켜 주길 바라오."

"저희를 믿으셔도 됩니다."

"그 편지는 최근에 우리나라가 펼치고 있는 식민지 확장 정책에 분개한 외국 국왕이 보낸 것이라오. 하지만 국왕이 한때의 감정에 치우쳐 독단적으로 쓴 편지인 모양이오. 내막을 조사해 보니, 그 나라의 장관들도 그 편지에 관해 전혀 모르고 있었소. 편지는 전체적으로 적절하지 않은 용어로 쓰인 데다, 특히 몇몇 구절은 매우 도전적이었소. 만일 편지의 내용이 알려지면 우리 국민감정을 자극해서 엄청난 사태가 일어날 게 불을 보듯 뻔하다오. 여론이 들끓게 되면, 우리나라는 일주일 안에 전쟁에 휘말리게 될지도 모르는 일이오."

홈스는 메모지에 이름을 적어 벨린저 수상에게 건넸다.

"맞소, 그분이 편지를 쓴 사람이오. 편지 내용이 알려지면 전쟁 비용으로 수백만 달러가 들어갈 것이고, 수십만 명의 인명을 앗아갈 수도 있소. 그런데 편지가 이렇게 감쪽같이 사라졌으니……."

"편지를 보낸 분에게도 그 편지가 없어졌다는 사실을 알리셨나요?"

"암호로 전보를 쳐서 바로 알렸소."

"그 국왕도 그 편지가 공표되기를 바라고 있나요?"

"그건 아니오. 편지를 보낸 국왕도 자신이 경솔하게 처신했던 점에 대해 후회하고 있을 게 분명하오. 편지 내용이 알려지면 국왕 자신뿐만 아니라 그의 나라도 큰 타격을 입게 될 터이니 말이오."

"그렇다면 편지가 공표될 경우에 누가 이익을 보게 되는 겁니까? 그 편지를 훔쳐 공표하고 싶어 하는 이유가 무엇일까요?"

"그건 말이오……. 홈스 씨, 복잡한 국제 정치에 관한 문제라오. 유럽의 현 상황을 생각해 보면 당신도 어렵지 않게 그 동기가 무엇인지 파악할 수 있을 것이오. 현재 유럽에는 군사 동맹이 두 개 있는데, 양쪽의 힘이 거의 균형을 이루고 있소. 하지만 당신도 알고 있다시피 영국은 그 어느 쪽에도 속해 있지 않기 때문에, 우리가 만약 어느 한쪽과 전쟁을 하게 되면, 다른 동맹이 자연히 이득을 보게 될 것이오. 아시겠소?"

"무슨 뜻인지 잘 알겠습니다. 그럼, 그 편지를 입수하여 공표하면 편지를 보낸 국왕의 적국들에게 이익이 되겠군요. 우리나라와 편지를 보낸 국왕의 나라 사이가 벌어질 테니까 말입니다."

"그렇소."

"그 편지가 적국의 수중으로 넘어갔다고 가정하면 누구에게 보낼 거라고 생각하십니까?"

"유럽에 있는 나라의 수상이라면 누구라도 상관없을 거요. 지금 현재 가장 신속한 방법으로 누군가에게 보내졌을지도 모르오."

호프 장관은 머리를 떨어뜨리고 큰 신음 소리를 냈다. 벨린저 수상은 그를 위로해 주려는 듯 장관의 어깨에 손을 얹었다.

"호프 장관, 운이 나빴던 것뿐이오. 아무도 자네를 비난하지 못해. 자네는 최선을 다하지 않았는가? 홈스 씨, 지금까지 말한 것이 우리가 알고 있는 사실의 전부요. 이제 우리가 어떤 조처를 취하면 좋다고 생각하시오?"

홈스는 시무룩한 얼굴로 고개를 가로저으며 물었다.

"두 분께서는……, 그 편지를 찾지 못한다면 정말로 전쟁이 일어난다고 생각하십니까?"

"그럴 가능성이 매우 높다고 생각하오."

"그렇다면 전쟁 준비를 할 수밖에 없겠군요."

"홈스 씨, 그렇게 냉혹한 말을 하다니……."

"현재 상황을 잘 생각해 보셔야 합니다. 밤 열한 시 반부터 다음 날 아침에 편지가 없어진 걸 발견할 때까지 호프 장관과 부인이 방 안에 계셨으니까, 열한 시 반 이후에 편지를 도둑맞았다고는 생각할 수 없습니다. 그렇다면 도둑맞은 시간은 저녁 일곱 시 반에서 열한 시 반 사이가 됩니다. 편지를 가져간 범인은 편지가 침실 안에 있다는 걸 알고 있었을 테고, 그렇다면 되도록 빨리 편지를 손에 넣고 싶었을 테니까 일곱 시 반에 가까운 시간이었을 거라는 추리가 가능합니다. 그리고 그렇게 중요한 편지를 어제 여덟 시나 아홉 시쯤에 누군가가 훔쳐 냈다면 지금은 그 편지가 어디에 있을까요? 범인이 누구이건 그 편지를 가지고 있을 이유가 없습니다. 그 편지를 곧장 필요한 사람에게 보냈을 겁니다. 그렇다면 편지가 적국의 수중에 들어가기 전에 되찾는 일은 말할 것도 없고, 어디에 있는지를 알아내는 것조차도 가망이 없지 않습니까? 우리가 할 수 있는 일은 아무것도 없습니다."

밸린저 수상은 의자에서 벌떡 일어섰다.

"당신 말대로요. 홈스 씨, 나도 이제 와서 어떻게 할 수 있으리라고는 생각하지 않소."

"그런데 말입니다……, 만약 집사나 하인들 중 한 명이 편지를 훔쳐 갔다고 가정할 순 없을까요?"

"저희 집 하인들은 오랫동안 착실히 일해 온 사람들이라 확실하게 믿을 수 있습니다."

"장관님 방은 3층에 있고, 방으로 들어가는 입구가 하나밖에 없는 데다, 거기로 들어가려면 사람들 눈에 띌 수밖에 없다고 하셨습니다. 그렇다면 집 안 사람 중 한 명이 그 편지를 훔친 게 틀림없습니다. 범인은 그 편지를 누구에게 가져갔을까요? 국제 스파이에게 가져갔을 확률이 높겠죠? 저는 그런 자들의 이름을 훤히 알고 있습니다. 그 가운데 주요 인물이 셋 있지요. 세 명 모두가 살던 곳에 그대로 있는지 가서 직접 알아봐야겠습니다. 만일 그중 한 명이 어제저녁부터 자취를 감추었다면, 편지가 그의 손에 넘어갔다고 봐도 될 겁니다."

"하지만 자취를 감출 필요가 있겠소? 런던에 있는 자기네 대사관으로 가져가면 될 텐데요."

호프 장관이 물었다.

"전 그렇게 생각지 않습니다. 원래 스파이들이란 독립적으로 활동하는 데다, 자기네 대사관과 관계가 나쁜 경우가 많습니다."

수긍이 간다는 듯 수상이 고개를 끄덕였다.

"홈스 씨, 나도 당신 생각이 옳다고 생각하오. 그 편지가 얼마나 중요한지 고려한다면, 스파이가 자기 손으로 직접 본부에 전

할 가능성이 크오. 홈스 씨, 당신의 추리력은 참으로 놀랍소. 그건 그렇고……, 호프 장관, 이 사건 때문에 우리의 다른 직무를 소홀히 해서는 안 되지 않겠소? 홈스 씨, 우리도 새로운 사실을 알게 되면 당신에게 알릴 테니, 당신도 수사 결과를 바로바로 우리에게 알려 주시오."

벨린저 수상과 호프 장관은 고개 숙여 인사를 한 뒤, 사뭇 엄숙한 태도로 방에서 나갔다.

수수께끼의 살인 사건

두 정치가가 방에서 나가자, 홈스는 담배 파이프에 불을 붙이고는 한동안 생각에 잠겨 있었다. 나는 조간신문을 펼쳐 들고 어제저녁 런던에서 일어난 범죄 사건 중 흥미로운 기사를 읽고 있었다. 그런데 갑자기 홈스가 소리를 지르더니, 벌떡 일어나 담배 파이프를 벽난로 위에 놓았다.

"바로 그거야. 상황이 급박하긴 해도 완전히 절망적인 건 아니야. 지금이라도 그 세 사람 중 누가 그 편지를 훔쳤는지를 알아내기만 하면 그 편지를 되찾을 수 있을지도 모르네. 그 녀석들은 돈에 따라 움직이는데, 우리 뒤에는 영국의 재무부가 버티고 있잖아. 팔려고 내놓으면 사들이면 되는 거야. 범인이 그 편지를 외국에 팔기 전에 값을 흥정하느라 아직까지 팔지 않았을 지도 모르지. 그런 대담한 짓을 벌일 수 있는 놈은 셋밖에 없네. 오버스타인, 라 로티에르, 그리고 에두아르도 루카스……. 일일이 다 알아봐야겠군."

나는 읽고 있던 조간신문을 들여다보며 말했다.

"자네가 말한 에두아르도 루카스라는 사람은 고돌핀 가에 사나?"

"맞네."

"그럼, 자네가 찾아가도 만나지 못하겠군."

"어째서?"

"그는 어제저녁에 자기 집에서 피살되었네."

지금까지는 사건을 조사하는 중에는 늘 홈스가 날 놀라게 했는데, 이번엔 내가 그를 깜짝 놀라게 했다는 사실을 깨닫는 순간 기쁨의 감정이 밀려들었다.

홈스는 눈을 크게 뜨고 나를 바라보다가 내가 들고 있던 신문을 가로챘다.

신문에는 다음과 같은 기사가 나와 있었다.

웨스트민스터의 살인

어제저녁 고돌핀 가 416번지에서 이상한 살인 사건이 일어 났다. 그곳은 템스 강과 웨스트민스터 사원 중간에 있는 동네로, 18세기 양식의 고풍스런 집들이 모여 있고 인적이 드문 거리다.

에두아르도 루카스 씨는 몇 년 전부터 이 동네에 살고 있었는데, 성격이 활달한 그는 아마추어 테너 가수로 사교계에 잘 알려져 있었다. 루카스 씨는 34세의 독신으로, 집에는 가정부인 중년의 프링글 부인과 그의 시중을 드는 집사 미턴이 있을 뿐이다. 프링글 부인은 언제나 일찌감치 잠자리에 드는데, 어제도 평소와 다름없이 맨 위층에 있는 방에서 자고 있었다. 미턴은 어제저녁 친구를 만나러 외출하여 집에 없었다. 따라서 밤 10시 이후에 집 안에서 깨어 있던 사람은 루카스 씨뿐이었다. 그 뒤에 무슨 일이 일어났는지 아직 밝혀지지 않았지만, 12시 15분경 고돌핀 가를 순찰하던 바렛 경찰이 루카스 씨 댁의 현관문이 열려 있는 것을 발견하고 노크를 했지만 아무런 응답이 없었다.

거실에서 불빛이 새어 나오는 것을 보고 그쪽으로 들어가 노크해 보았으나 역시 아무런 대꾸가 없었다. 그래서 경찰은 방문을 열고 안으로 들어갔다. 방이 몹시 어질러져 있었고, 가구는 모두 한쪽으로 밀쳐져 있었다. 다만 방 한가운데에 의자가 하나 넘어져 있었는데, 루카스 씨가 그 의자의 다리 하나를 쥔 채 쓰러져 있었다. 심장 부위를 찔린 것으로 보아 즉사했을 거라고 추정되었다.

심장에 꽂힌 칼은 칼날이 구부러진 인도식 단검이었으며, 방 안 벽에 장식되어 있던 동양의 무기류 중 하나로 여겨진다. 방 안의 귀중품이 그대로 있는 것으로 보아 범행 동기가 단순 절도로 보이지는 않는다.

루카스 씨는 이름이 널리 알려진 데다 평판도 좋았기 때문에, 그의 갑작스런 죽음에 많은 친구들이 놀라면서 애통해 했다.

홈스는 오랫동안 침묵에 잠겨 있다가 나에게 물었다.

"왓슨, 자네는 이 사건을 어떻게 생각하나?"

"너무나 놀라운 우연의 일치야."

"우연의 일치라고? 이 사건에 관련됐을 가능성이 있는 스파이 세 명 중 한 명이, 수수께끼의 죽음을 당했네. 이건 우연의 일치가 아닐 가능성이 커. 그럴 확률이 얼마인지 정확한 수치로 나타낼 순 없지만 말일세. 왓슨, 이 두 사건에는 틀림없이 어떤 상관관계가 있다는 생각이 드는군. 그것을 찾아내는 것이 바로 우리 임무가 아니겠나?"

"그렇지만 지금쯤은 경찰도 모든 사실을 알고 있을 것 아닌가?"

"아니야. 루카스의 죽음에 대해선 얼마만큼 수사가 진행되었겠지만, 편지를 도둑맞은 사건에 관해선 전혀 모르고 있네. 물론 알려서도 안 되고 말일세. 이 두 사건을 모두 알고 있는 건 우리뿐이네. 그렇기 때문에 우리가 이 두 사건 사이의 관계를 밝혀내야만 하네. 그건 그렇고, 나는 편지를 훔쳐 간 범인으로 루카스를 가장 의심하고 있었네. 물론 거기에는 확실한 이유가 있지. 루카스가 살고 있던 고돌핀 가는 호프 장관의 집이 있는 화이트홀 테라스에서 얼마 되지 않는 거리에 있다네. 하지만 내가 이름을 거론한 다른 스파이 두 명은 상당히 먼 곳에 살고 있지. 그러니까 루카스가 다른 두 스파이들보다는 호프 장관의 집 안 사람과 관계를 맺거나 내왕하는 것이 쉽다는 말이네. 물론 이건 사소한 일에 불과한 것일지도 모르지만, 그렇게 가까운 거리에 있는 두 집에서 두세 시간 사이에 연달아 사건이 일어났다는 것은 아주 중요한 의미가 있다고 생각하네. 이봐, 누가 찾아온 것 같군."

하숙집 주인인 허드슨 부인이 쟁반에 명함 한 장을 받쳐 들고 들어왔다. 홈스는 명함을 들여다보더니 눈을 치켜뜨며 나에게 명함을 건네주었다.

"힐다 트렐로니 호프 부인에게 올라오시라고 전해 주세요."

우리의 누추한 하숙방에 조금 전에는 유명한 두 정치가가 다녀가더니, 이번에는 런던에서 가장 아름다운 여성이 방문하는 영예를 누리게 되었다.

호프 부인의 아름다움에 관해서는 소문으로 많이 들었지만, 그러한 소문도 눈앞에서 보는 실제 아름다움에는 미치지 못하는 것 같았다. 섬세하고 우아한 자태에 아름다운 용모, 피부색까지 완벽한 조화를 이루고 있었다.

하지만 우리가 이내 깨달은 것은 그녀의 아름다움이 아니었다. 마음이 어지러워서 그런지 입을 꼭 다문 얼굴은 창백했고, 눈은 열기로 이글거리고 있었다.

"홈스 씨, 제 바깥양반이 여기에 다녀갔나요?"

"네, 다녀갔습니다."

"홈스 씨, 부탁입니다만 제가 여기에 온 걸 제 남편에게 비밀로 해 주셔야 합니다."

홈스는 조용히 머리 숙여 인사를 한 다음 의자에 앉으라고 권했다.

"이거, 제 입장이 매우 곤란해졌습니다. 일단 앉으셔서 찾아온 용건을 말씀해 주시기 바랍니다."

부인은 방을 가로지르더니 창문을 등지고 앉았다. 키가 늘씬하게 크고 우아하면서도 여성스러운 모습은 참으로 기품 있고 아름다웠다.

"홈스 씨."

부인은 하얀 장갑을 낀 두 손을 쥐었다 폈다 하면서 이야기를 시작했다.

"사실대로 말씀드릴 테니, 솔직히 대답해 주셔야 합니다. 남편과 저 사이에는 아무 비밀이 없습니다. 하지만 남편은 정치에 관해서는 굳게 입을 다물고 무엇 하나도 이야기해 주지 않습니다. 그런데 저는 어제저녁 저희 집에서 뭔가 좋지 않은 일이 일어났다는 것을 알게 되었습니다. 어떤 편지가 분실되었는데, 그것이 정치적인 문제와 관계있기 때문에 남편은 저에게 아무것도 이야기해 주지 않습니다.

참, 여기서 분명하게 해 둘 게 있습니다. 저는 그 사건에 대해 알아야만 합니다. 정치가들을 제외하고 진상을 알고 계시는 분은 여기 계신 두 분뿐입니다. 홈스 씨, 무슨 일이 일어났는지, 그리고 그 일이 어떻게 되어 가는지를 자세히 말씀해 주세요. 제가 그 일에 대해 모두 알고 있는 것이 제 남편에게 도움이 될 테니까요. 분실된 편지는 어떤 것입니까?"

"부인, 부인의 입장과 관계없이 저는 말씀드릴 수 없습니다."

부인은 괴로운 듯 신음 소리를 내며 얼굴을 두 손에 묻었다.

"부인, 이해해 주셔야 합니다. 남편께서는 이 사건에 관해 부인에게 아무것도 알리지 않는 것이 좋다고 생각하십니다. 저는 고객에 대한 비밀을 지키기로 약속하고 사건의 진상을 듣게 되었으니, 그 비밀을 지켜야만 합니다. 정 알고 싶다면, 남편께 직접 물어보십시오."

"이미 물어보았지만 가르쳐 주질 않아요. 이제 물어볼 사람은 당신밖에 없다고 생각해서 이렇게 찾아온 겁니다. 홈스 씨, 사건의 진상은 비밀로 한다 해도 한 가지만은 가르쳐 주실 수 있죠?"

"부인, 그게 무엇이죠?"

"이 사건이 남편의 정치적 경력에 상처가 될 수 있나요?"

"그렇습니다, 부인. 그뿐만 아니라, 이 사건이 잘 해결되지 않으면 대단히 불행한 사태가 생길지도 모릅니다."

"오! 세상에, 어떻게 이런 일이……."

부인은 걱정되어 못 견디겠다는 듯이 숨을 급히 들이마셨다.

"홈스 씨, 한 가지만 더 묻겠습니다. 이번 사건이 일어난 뒤 남편이 무심코 하는 말을 들었는데, 잃어버린 그 편지가 사회에 무서운 영향을 끼칠지도 모른다고 하더군요. 그게 사실입니까?"

"남편께서 그렇게 말씀하신 것을, 제가 그렇지 않다고 말할 수는 없겠네요."

"도대체 그 영향이란 것이 무엇입니까?"

"부인, 그것도 말씀드릴 수가 없습니다."

"그렇다면 더는 당신을 방해하지 않겠습니다. 솔직히 말씀해 주지 않으신다고 당신을 탓할 수도 없는 일이라는 것을 아니까요. 주제넘은 여자라고 생각하실지도 모르지만, 남편을 돕고 싶어서 한 행동이니까 이해해 주세요. 다시 한 번 부탁드립니다만, 제가 여기에 찾아온 건 비밀로 해 주세요."

마치 호소하듯이, 부인은 문간에서 우리를 다시 한 번 돌아보았다. 그 덕분에 나는 아름답긴 하지만 고통에 사로잡혀 일그러진 얼굴과 놀란 듯한 눈을 자세히 볼 수 있었다.

방문이 닫히고 치맛자락이 바닥에 스치는 소리가 사라지자, 홈스가 미소를 지으며 나에게 말했다.

"왓슨! 아름다운 여성은 자네 전문 아닌가? 저 아름다운 여인의 속마음은 무엇일까? 진짜 원하는 게 뭘까?"

"자기 입으로 말했다시피, 걱정되어서겠지. 이런 상황이라면 걱정되는 게 당연하지 않겠나?"

"왓슨, 부인의 모습을 기억해 보게. 당황하여 안절부절못하면서도 끈질기게 물어보지 않던가? 게다가 부인이 자기감정을 쉽게 드러내지 않는 상류 사회 출신이라는 걸 감안해 보면, 부인의 행동은 어딘가 이상하지 않은가?"

"확실히 몹시 당황한 것처럼 보이긴 하더군."

"또 하나 이상한 점이 있었네. 부인은 자신이 그 일에 대해 모두 알고 있는 것이 남편에게 도움이 될 거라고 확신에 차서 말했네. 그게 무슨 의미일까? 어떻게 도움이 된다는 거지? 게다가 자네도 눈치챘겠지만, 부인은 일부러 빛을 등지고 앉았네. 그건 우리에게 자기 얼굴 표정을 보이지 않으려는 행동이었을 거야."

"그건 나도 알았네. 방에 있는 많은 의자 중 빛을 등지고 앉을 수 있는 자리를 골라 앉더군."

"여자들에 대해 잘 알겠다가도 잘 모르겠어. 여자들은 아주 사소한 행동에도 깊은 뜻이 있을 수 있고, 정말 이상해 보이는 행동에도 아무런 뜻이 없는 경우가 숱하게 많으니까. 그럼, 이따 보세, 왓슨."

"어디 가려고?"

"응, 고돌핀 가에 가서 런던 경찰청 친구들과 오전 시간을 보낼 작정이네. 에두아르도 루카스가 이번 사건과 어떤 관계가 있는지는 두고 봐야 알겠지만, 이 사건의 열쇠를 쥐고 있다는 생각이 드는군. 사실을 알기 전에 추리를 하는 건 위험하지. 왓슨, 자네가 집에 있다가 손님이 오면 만나 주게. 되도록 점심때까지는 돌아오겠네."

핏자국의 수수께끼

그날도, 다음 날도 그리고 그다음 날도 홈스는 부산하게 집을 뛰쳐나갔다가는 바쁘게 뛰어 들어와 줄담배를 피우거나 바이올린을 켰고, 무슨 생각인지를 골똘히 하는 듯싶다가 아무 때나 샌드위치를 먹어 댔는데, 내가 물어보는 일상적인 질문에는 아예 대꾸조차 하지 않았다. 분명히 수사가 잘 진행되지 않는 모양이었다.

홈스가 사건에 관해서 아무런 이야기를 해 주지 않았기 때문에 나는 신문을 통해 배심원들의 심문 내용이라든가 루카스의 집사인 존 미턴이 체포되었다가 이내 풀려난 사실 정도를 알고 있을 뿐이었다.

검시 배심원들은 루카스의 죽음을 고의적 타살로 판명했지만, 범인에 대해선 아무것도 알아내지 못했다. 물론, 범행 동기도 밝혀내지 못했고……. 방에는 값나가는 귀중품이 상당히 많이 있었지만, 범인은 전혀 손을 대지 않았다. 피해자의 서류들도 누군가 뒤진 것 같지 않았다.

하지만 서류들을 조사해 본 결과, 루카스가 국제 정치에 깊은 관심을 가지고 있었으며, 다양한 외국어를 유창하게 구사했다는 사실을 알아냈다. 또한 몇몇 나라의 고위급 정치가들과 편지를 주고받을 정도로 절친했는데, 서랍 속에 가득한 서류들 중에서 특별한 건 발견되지 않았다. 알고 지내는 여성들은 많았으나 깊은 관계는 없어 보였고, 특별히 친한 친구나 애인이라고 할 만한 사람도 없었다. 매우 규칙적인 생활을 했으며, 누구한테 특별히 원한 살 만한 일을 한 적도 없었다. 경찰은 어떻게 해서 피살되었는지 전혀 짐작도 하지 못하고 있었으며, 사건이 해결될 기미도 보이지 않았다.

집사인 존 미턴을 체포한 건 아무것도 하지 않을 수는 없다는 경찰의 판단 아래 어쩔 수 없이 취한 조치 같았고, 그에게 불리한 단서는 어떤 것도 나오지 않았다. 사건이 일어난 날 밤, 미턴은 해머스미스에 있는 친구들을 만나러 갔었고, 알리바이도 확실했다.

그가 집을 나섰다가 웨스트민스터에 도착한 시간은 범행이 일어나기 전이었지만, 그의 진술에 따르면 거기서부터 걸어왔기 때문에 그는 밤늦은 시간에야 집에 도착할 수 있었다. 미턴이 집에 도착한 시각은 밤 12시였으며, 루카스가 피살된 것을 발견하고 상당히 충격을 받은 것 같았다.

미턴은 평상시에 주인 루카스와 사이가 좋았다. 면도기를 비롯하여 루카스의 물건 몇 개가 미턴의 상자 속에서 발견되긴 했지만, 미턴의 설명에 따르면 그것 또한 루카스가 선물로 준 것이었고, 가정부도 그의 말이 사실임을 증언했다.

미턴은 루카스의 집에서 3년 정도 일했다. 눈길을 끄는 사실은 루카스가 다른 나라에 갈 때 미턴을 데리고 가지 않았다는 점이다. 루카스는 때때로 석 달 이상을 파리에 머물기도 했는데, 그동안에도 미턴은 남아서 고돌핀 가의 집을 관리했다.

가정부는 사건이 일어난 날 밤에 아무 소리도 듣지 못했다. 만약 누군가 찾아온 사람이 있었다면 루카스가 직접 맞아들였다고 봐야 했다.

내가 신문에서 주워들은 바로는 사건이 일어난 지 사흘이 지난 지금도 사건 해결의 기미가 보이지 않았다. 홈스는 나에게 아무 말도 하지 않았지만, 레스트레이드 경감에게 사건이 어떻게 돌아가는지 일일이 보고받고 있는 것으로 보아 수사 진행 상황을 자세히 알고 있는 것 같았다.

그런데 사건이 일어난 지 나흘째 되던 날, 파리 발신의 전보 기사가 신문에 실렸다. 그 기사의 내용으로는 사건이 완전히 해결된 것처럼 보였다.

지난 월요일 밤 웨스트민스터의 고돌핀 가에서 일어난 에두아르도 루카스 피살 사건의 진상이 밝혀질 전망이다. 여태까지의 수사 진행 상황을 보면, 루카스가 그의 방에서 칼에 찔린 채 발견되었고 그의 집사 미턴이 범인으로 의심을 받았지만 알리바이가 확실하여 그 혐의가 풀렸다.

하지만 최근 파리 경찰이 새로운 사실을 발견하여 사건은 새로운 국면을 맞이했다.

어제 파리 오스테를리츠에 사는 앙리 푸르네이라는 부인이 정신이 이상해졌다고 하인들이 신고했다. 곧바로 진찰해 본 결과, 푸르네이 부인은 위험한 상태의 정신병 증세를 보이고 있었다. 경찰 조사에 따르면 푸르네이 부인은 지난 화요일에 런던에 갔다 돌아왔으며, 루카스 살해 사건과 관계가 있다는 증거를 찾아냈다.

발견한 사진을 대조해 본 결과, 푸르네이 부인의 남편 앙리 푸르네이와 에두아르도 루카스가 동일 인물로서, 무슨 이유에서인지는 모르지만 루카스가 파리와 런던에서 이중생활을 하고 있음이 밝혀졌다.

서인도 출신인 푸르네이 부인은 흥분을 잘하는 성격이며, 이전에도 질투심 때문에 거의 미치다시피 한 적이 있었다고 한다. 전 런던을 떠들썩하게 했던 루카스 씨 사건도 부인이 이런 질투심 때문에 저지른 것으로 추정하고 있다.

사건이 있었던 월요일 밤에 부인이 무엇을 했는지 행적이 정확하게 밝혀지지 않았지만, 화요일 아침에 부인과 인상이 일치하는 여자가 채링크로스 역에서 몹시 흥분한 모습으로 미치광이 짓을 했기 때문에 지나가던 사람들의 이목을 끈 일이 있었다. 따라서 푸르네이 부인이 정신이 나간 상태에서 루카스 씨를 죽였을 가능성이 있으며, 루카스 씨를 죽인 충격으로 완전히 실성했을지도 모른다고 추측하고 있다.

현재로서는 푸르네이 부인이 있었던 일에 대해 이치에 맞는 설명을 할 수 없는 상태이며, 의사는 부인이 제정신을 찾을 가망이 거의 없다고 보고 있다. 그리고 월요일 밤 고돌핀 가에 있는 루카스 씨의 집을 한 여자가 지켜보고 있었다고 말하는 증인도 있는데, 그 여자 또한 푸르네이 부인이었을 것으로 추정된다.

나는 홈스가 아침 식사를 하는 동안, 기사 내용을 큰 소리로 읽어 주고서 물었다.

"홈스, 어떻게 생각하나?"

홈스는 식탁에서 일어서더니 방 안을 이리저리 거닐며 말했다.

"왓슨, 자네가 오랫동안 참고 있었다는 건 아네. 하지만 내가 지난 사흘 동안 사건에 대해 아무 얘기도 하지 않은 건 실제로 말할 내용이 없었기 때문일세. 지금 파리에서 전해 온 이 기사도 별 도움이 되진 않는다네."

"그래도 루카스의 살인에 대해선 수사가 매듭지어진 게 아닌가?"

"사실 우리가 맡은 사건을 전체적으로 보면, 루카스의 죽음은 사소한 일에 불과하네. 우리가 진짜 해야 할 일은 없어진 편지를 찾아서 유럽의 전쟁을 막는 걸세. 여기서 그냥 지나쳐서는 안 되는 점이 한 가지 있네. 지난 사흘 동안 아무런 일도 일어나지 않았다는 사실일세. 정부에서 거의 한 시간마다 보고를 받는데, 유럽 어디에서도 전쟁이 일어날 조짐 따위는 보이지 않네. 편지를 훔친 사람이 이미 그 편지를 다른 사람에게 전달했다면, 벌써 무슨 일인가가 생겼을 걸세. 하지만 아무 일이 없는 걸 보면 편지가 아무에게도 전달되지 않았다는 얘기가 되지 않겠나. 그렇다면 그 편지가 도대체 어디로 간 것일까? 누가 가지고 있으며, 왜 편지를 그냥 갖고 있는 것일까? 내 머릿속은 이런 의문들로 가득 차 있다네.

편지가 없어진 날 밤 루카스가 살해된 건 단순히 우연의 일치인 것일까? 과연 편지가 그의 손에 들어갔을까? 그럼, 어째서 그의 서류 속에 편지가 없는 것일까? 혹시 정신 나간 그 여자가 파리에 있는 자기 집으로 가져간 것은 아닐까? 프랑스 경찰의 의심을 받지 않으면서 그 여자의 집을 수색할 방법은 없을까?

왓슨, 이번 사건에서는 범죄자에게 법이 위험한 만큼 우리에게도 법이 위험한 상대라네. 자네도 알다시피, 이 사건이 절대 법적인 문제로 불거져서는 안 되지 않나? 아무도 우릴 도와줄 순 없지만, 이 사건에 걸려 있는 이익은 참으로 어마어마한 것이네. 내가 이 사건을 잘 해결하기만 한다면, 내 경력에 더없는 명예가 되는 것도 물론이고. 아, 무슨 새로운 정보가 들어온 모양이군."

홈스는 건네받은 쪽지를 훑어보았다.

"이봐, 왓슨! 레스트레이드 경감이 뭔가 흥미로운 사실을 발견한 모양이야. 자네도 모자를 쓰게. 웨스트민스터의 사건 현장으로 같이 가 보세."

처음으로 이 사건의 범행 현장에 가 보는 것이었다. 루카스의 집은 높고 폭이 좁은 건물로 색은 좀 어두웠지만 깨끗하고 튼튼해 보였는데, 100년 전쯤에 지어진 듯한 구식 건물이었다. 몸집이 큰 경관이 현관문을 열자, 레스트레이드 경감이 나와서 반갑게 우리를 맞았다.

우리는 범행이 일어났던 방으로 안내되었다. 하지만 방 안에는 카펫에 밴 핏자국 외에는 범행 흔적이 아무것도 남아 있지 않았다. 방 한가운데에는 조그마하고 네모난 인도제 카펫이 깔려 있었고, 카펫이 깔려 있지 않은 바닥은 구식 마룻바닥이었지만 반질반질하게 잘 닦여 있었다. 벽난로 위는 여러 가지 무기들로 장식되어 있었는데, 그중 하나가 살인 흉기로 사용된 듯싶었다.

창가에는 고급스런 책상이 놓여 있었고, 그림들이며 바닥 깔개, 벽에 걸려 있는 물건들은 대부분 사치스러운 것들이었다.

레스트레이드 경감이 먼저 말을 시작했다.

"파리에서 전해 온 소식은 읽어 보셨나요?"

홈스가 고개를 끄덕거렸다.

"이번엔 프랑스 경찰이 사건 해결에 큰 공로를 세운 것 같군요. 사건이 그들이 말한 대로인 것이 분명해 보입니다. 푸르네이 부인이 남편의 행방을 찾아내 급습을 한 겁니다. 루카스는 완벽한 이중생활을 하고 있었으니까요. 그녀를 길거리에 세워두면 다른 사람들이 볼지도 모르므로 할 수 없이 부인을 집 안으로 들어오게 했는데, 그녀가 루카스에게 대들다가 그만 흥분하여 정신이 이상해진 모양입니다. 그러다 감정이 격해져서 가까운 벽에 걸려 있는 단검을 뽑아 들었고, 결국은 찌르게 된 겁니다.

하지만 의자가 모두 한쪽으로 치워져 있었던 걸로 봐서는 순간적으로 죽인 게 아닐 수도 있습니다. 그리고 루카스는 의자의 한쪽 다리를 움켜쥔 채 죽어 있었는데, 그건 그 의자로 부인의 공격을 막으려 했던 것이 아니었나 생각합니다. 마치 현장에서 범죄를 목격한 것처럼 이제는 모든 게 분명해졌습니다."

홈스는 눈을 치켜뜨며 물었다.

"그럼, 왜 나를 불렀소?"

"아, 그건 좀 다른 일 때문이오. 별일이 아닌 것 같긴 하지만 좀 색다른 점이 있어서요. 제 생각에는 선생이 흥미를 가질 것 같더군요. 주요 사실과는 별 관계가 없는 일이긴 하지만 말이오."

"도대체 그게 뭐요?"

"이런 범행이 일어난 뒤에는 일반적으로 현장을 그대로 보존하는 데 주의를 기울이죠. 이번 사건에서도 무엇 하나 건드리지 않고 밤낮으로 사건 현장을 지키게 했죠. 그런데 오늘 아침에, 루카스의 시체도 묻었고 수사도 종결되고 해서 현장을 치우려고 했죠. 그런데 이 카펫을 보세요. 마룻바닥에 고정되지 않고 그냥 깔려 있잖아요. 그래서 들어 보았더니……."

"뭘 발견했다는 겁니까?"

홈스의 얼굴에 기대감과 긴장감이 아울러 스쳐 지나갔다.

"카펫에 틀림없이 피가 많이 스며들었어야 맞는 일이겠지요?”

“그렇지요.”

“그런데 카펫에서 스며 나왔을 피가 마룻바닥에는 전혀 묻어 있지 않단 말입니다. 어떻습니까? 놀라운 사실 아닙니까?”

“핏자국이 없다고요? 그럴 리가…….”

“그렇게 말씀하실 줄 알았습니다. 하지만 하나도 없습니다.”

레스트레이드가 카펫의 한쪽 귀퉁이를 손으로 들어 올려 뒤집자, 정말로 핏자국 같은 것은 전혀 보이지 않았다.

“하지만 카펫의 뒤쪽에는 앞쪽과 마찬가지로 핏자국이 있습니다. 그렇다면 마룻바닥에도 자국이 남아 있어야 하지 않겠습니까?”

레스트레이드는 유명한 탐정을 당황하게 만든 것이 신이 났는지 빙긋 웃었다.

“물론 또 하나의 핏자국이 있긴 있습니다. 그러나 카펫에 난 자국의 위치와 일치하지 않더군요. 직접 보시지요.”

레스트레이드는 설명을 하면서 카펫의 다른 쪽을 들어 뒤집었다. 과연 구석 마룻바닥의 표면에는 붉은 핏자국이 선명하게 나 있었다.

“홈스 씨, 이걸 어떻게 생각하시나요?”

“그거야 간단하지 않습니까? 처음에는 핏자국이 일치했겠지만 누군가가 카펫의 방향을 돌려놓은 거 아니겠습니까? 모양이 네모난 데다 바닥에 고정되어 있지도 않았으니까 쉽게 돌려놓을 수 있었을 겁니다."

"누군가가 카펫을 돌려놓았다는 사실을 들으려고 선생을 부른 게 아닙니다. 경찰도 그 정도는 알 수 있으니까요. 그건 너무 뻔한 일 아닙니까? 내가 알고 싶은 건 누가 무슨 이유로 카펫의 위치를 돌려놓았느냐 하는 겁니다."

홈스의 얼굴이 긴장되는 걸로 봐서 그가 몹시 흥분하고 있음을 알 수 있었다.

"레스트레이드 경감, 복도에 서 있는 저 경관이 줄곧 이 방을 지키고 있었습니까?"

"그렇소."

"그럼, 내 이야기를 잘 들으십시오. 저 경관을 조사해 봐야 합니다. 우리 앞에서 하라는 것이 아니오. 우리는 여기서 기다리고 있을 테니, 뒤쪽에 있는 방으로 데려가 혼자서 신문하십시오. 그래야 경관이 쉽게 털어놓을 겁니다. 그리고 왜 다른 사람을 이 방에 불러들여 혼자 놔두었는지를 물어보십시오. 그렇게 했는지 하지 않았는지를 묻지 말고, 단도직입적으로 물어봐야 합니다. 빙 돌려서 묻지 말고, 누군가가 이 방에 들어왔었다는 사실을 이미 알고 있는 것처럼 해야 합니다. 그다음 빨리 털어놓으라고 다그치면서, 솔직하게 고백하지 않으면 용서받을 수 없을 거라고 몰아붙여야 합니다. 내가 말한 그대로 해야 합니다. 알겠습니까?"

"놀랍군요. 저 녀석이 정말로 알고 있다면 불지 않고는 못 배길걸."

레스트레이드 경감은 그렇게 외치더니 복도로 뛰어나갔다. 그리고 얼마 되지 않아 뒷방에서 경관에게 호통치는 소리가 들려왔다.

"자, 지금일세. 왓슨, 어서!"

홈스가 아주 급한 듯이 다급하게 소리쳤다. 홈스의 무관심한 태도 뒤에 감춰져 있던 무서운 힘이 폭발한 것 같았다.

그는 마룻바닥에서 카펫을 걷어 낸 다음 눈 깜짝할 사이에 바닥에 엎드리더니, 네모난 마루 판자의 모서리 끝을 하나하나 손톱으로 잡아당겨 보는 것이었다. 그런데 판자 중 하나가 조금 움직이더니 상자 뚜껑처럼 열리는 것이 아닌가. 놀랍게도 판자 밑에는 검은 구멍이 조그맣게 나 있었다. 홈스는 구멍 속에 손을 집어넣었다가 분노와 실망이 뒤섞인 신음 소리를 내며 재빨리 손을 꺼냈다. 구멍 속이 텅 비어 있었기 때문이다.

"왓슨, 빨리빨리 서두르게! 원상태대로 돌려놓아야 하네."

간신히 나무판자를 제자리에 끼워 놓고 카펫을 똑바로 깔았

을 때 복도에서 레스트레이드 경감의 목소리가 들려왔다. 경감이 들어왔을 때 홈스는 나른한 자세로 벽난로에 기대어 서 있었다. 마치 수사 따위는 단념한 것처럼 선하품을 억지로 참고 있었다.

경감이 다가서며 말했다.

"홈스 씨, 기다리시게 해서 죄송합니다. 이번 사건에는 별 흥미를 못 느끼시나 봅니다. 하지만……, 이 친구가 모조리 실토했습니다. 이리로 들어오게, 맥퍼슨. 이분들에게 자네가 한 행동을 소상히 말씀드리게."

덩치가 큰 경관이 얼굴이 빨개진 채 방으로 들어와 겁먹은 듯이 말했다.

"일부러 그런 것이 아닙니다. 어제저녁 한 젊은 여자가 찾아왔기에, 집을 잘못 찾아온 모양이라고 말해 주었지요. 그러고는 이런저런 얘기를 나누었습니다. 그래서는 안 되는 줄 알면서도…… 온종일 방만 지키다 보니 하도 심심해서……."

"그래서 무슨 일을 했소?"

"그 여자는 신문에서 사건에 관해 읽었다고 하면서…… 범행 장소라는 걸 한번 보고 싶다고 하더군요. 단정한 차림에 말하는 것도 품위 있어 보여서…… 잠깐 보여 줘도 상관없으리라고 생각했습니다. 그런데 그 여자는 카펫에 난 핏자국을 보는 순간 몸을 휘청거리며 바닥에 쓰러지더니…… 죽은 사람처럼 꼼짝도 하지 않는 거예요. 제가 얼른 물을 가져와서 먹여 봐도 정신을 차리지 못하기에, 저는 브랜디를 사러 밖으로 뛰어나갔습니다. 하지만 제가 돌아와 보니 여자가 정신을 차린 다음 돌아갔는지 그 자리에 없었습니다. 부끄러워서 제 얼굴을 다시 보지 못할 것 같아 그랬던 것 같습니다."

"이 카펫이 움직인 것 같진 않았소?"

"아, 예……. 제가 돌아왔을 때 약간 구겨져 있는 것 같았습니다. 여자가 그 위에 쓰러졌기 때문이라고 생각했죠. 반들반들한 마룻바닥에 그냥 깔려 있을 뿐 누르는 것이 아무것도 없으니까요. 그래서 제가 다시 반듯하게 펴 놓았습니다."

레스트레이드 경감이 엄한 태도로 말했다.

"나를 속이진 못하다는 걸 알았겠지, 맥퍼슨? 임무를 조금 게을리 해도 아무도 모를 거라고 생각했겠지만, 카펫을 보기만 해도 나는 누군가 이 방에 들어왔다는 사실을 알 수 있네. 없어진 게 없으니 다행이지, 그렇지 않았다면 자네는 굉장히 난처한 상황에 처했을 걸세. 홈스 씨, 별일도 아닌 걸로 여기까지 오시게 해서 죄송합니다만, 바닥에 난 두 번째 핏자국이 첫 번째 핏자국의 위치와 일치하지 않는다는 점에 선생이 흥미를 느끼시진 않을까 해서요."

"정말 흥미로운 일입니다. 그런데 맥퍼슨, 그 여자가 온 건 한 번뿐이었나?"

"네, 한 번뿐입니다. 그리고 이름은 모릅니다. 타이피스트 모집 광고를 보고 왔다는데, 번지수를 잘못 찾았다고 하더군요. 상냥하고 품위가 느껴지는 젊은 여자였습니다."

"키가 크고 미인이던가?"

"네, 아주 늘씬한 젊은 여자였습니다. 게다가 굉장한 미인이었습니다. '경관님, 잠깐만 좀 보여 주시지 않겠어요?'라고 말하더군요. 상냥하고 애교까지 섞인 말투여서, 문간에서 조금만 들여다보게 해 줘도 별로 문제없을 거라고 생각했죠."

"옷차림은 어떠하던가?"

"검소한 차림이었습니다. 발까지 내려오는 긴 망토를 입고 있었죠."

"여자가 찾아온 게 몇 시경이었나?"

"막 해가 질 무렵이었습니다. 브랜디를 사 들고 돌아올 때 가로등이 켜지기 시작했으니까요."

"잘 알겠소. 왓슨, 어서 가세. 다른 데 중요한 볼일이 있다네."

우리가 그 집을 나올 때 레스트레이드 경감은 그대로 방에 남았고, 맥퍼슨 경관이 우리를 문까지 배웅했다. 홈스는 계단에 서서 뒤를 돌아다보더니 손에 있는 뭔가를 경관에게 보여 주었다. 경관은 눈을 동그랗게 뜨고 그것을 보면서 외쳤다.

"이거 정말 놀라운데요."

홈스는 아무 말 말라는 듯 손가락을 입에 갖다 대고, 상의 주머니에 손을 다시 집어넣었다. 거리로 들어서자 홈스가 크게 웃음을 터뜨렸다.

"잘됐군! 왓슨, 이제 최후 장면의 막이 오르고 있네. 전쟁도 일어나지 않을 거고, 트렐로니 호프 장관도 경력에 오점을 남기지 않을 걸세. 우리가 재치를 약간 발휘해 잘 처리한다면, 아무도 피해를 입지 않을 거란 말일세. 끔찍한 결과를 불러올 수도 있었던 사건이 이렇게 해결되다니……, 자네도 안심이 되지 않나?"

나는 놀라움과 기쁨으로 가슴이 벅차서 외쳤다.

"자네, 드디어 해결했군그래?"

"완전히 해결한 건 아니네. 아직 확실치 않은 점이 몇 가지 있지만 많은 걸 알아냈지. 만약 나머지를 알아내지 못한다면 우리에게 뭔가 문제가 있는 거겠지. 사건을 완전히 마무리하러 당장 호프 장관 댁으로 가자고!"

마법사, 홈스

호프 장관 집에 도착하자, 홈스는 호프 장관 부인을 만나러 왔다고 말했다. 우리는 거실로 안내되었다.

부인은 화가 잔뜩 난 표정을 감추지 못한 채 붉어진 얼굴로 말했다.

"홈스 씨, 이건 너무 부당하고 가혹한 짓이 아닌가요? 제가 주제넘게 설치고 다닌다는 말을 듣고 싶지 않아서, 당신을 찾아간 사실을 비밀로 해 달라고 부탁드린 것을 잊으신 건 아니겠지요? 그런데 이렇게 절 찾아오시면……, 우리 사이에 무슨 관계가 있다고 여기게 되어 제 입장이 난처해지지 않겠어요?"

"부인, 유감스럽게도 이렇게 하는 수밖에 다른 방법이 없었습니다. 저는 아주 중요한 편지를 찾아 달라는 부탁을 받았거든요. 그래서 하는 말인데, 이제 저한테 그 편지를 주십시오."

홈스의 말이 끝나자, 부인이 움찔하면서 벌떡 일어섰다. 순간, 아름다운 얼굴에서 핏기가 싹 가시더니 눈초리가 굳고 몸이 휘청거렸다. 그래서 나는 부인이 기절하는 건 아닐까 하고 긴장했다.

하지만 부인은 쓰러지지는 않은 채 간신히 충격에서 벗어났는데, 얼굴에는 뭐라 말할 수 없는 놀라움과 노여움의 빛이 사라지지 않고 있었다.

"홈스 씨, 지금 저를 모욕하시는 건가요?"

"부인, 그래 봤자 아무 소용없는 일입니다. 편지를 어서 내놓으시지요."

부인은 벨이 있는 쪽으로 뛰어가며 말했다.

"집사가 문밖까지 안내해 드릴 겁니다."

"벨을 누르시면 안 됩니다. 벨을 누르면 소문을 내지 않고 사건을 해결하려고 하는 저의 모든 노력이 수포로 돌아가고 맙니다. 편지를 내놓으시기만 하면 모든 일이 원만하게 수습될 겁니다. 제가 하라는 대로 하시면 이 일은 조용히 수습될 수 있습니다. 하지만 제 말을 따르지 않으시면, 저로서는 모든 사실을 밝힐 수밖에 없습니다."

부인은 마치 여왕이나 되는 것처럼 오만한 자세로 서서 홈스의 눈을 응시하고 있었는데, 홈스의 의중을 읽어 내려는 것 같았다.

부인은 한쪽 손을 벨 위에 올려놓고 있긴 했지만, 벨을 누르려는 생각은 없는 것 같았다.

"홈스 씨, 절 위협하시는군요. 여기까지 오셔서 여자를 위협하다니, 비겁하지 않습니까? 뭔가를 아신다고 했는데, 무얼 아신다는 건지 남자답게 말씀해 보시죠."

"앉으시죠, 부인. 그렇게 서 계시면 쓰러질 경우 상처를 입을 지도 모릅니다. 앉으실 때까지는 얘기를 하지 않겠습니다."

"홈스 씨, 5분간만 시간을 드리겠어요."

"1분으로도 충분합니다. 부인, 저는 모든 것을 다 알고 있습니다. 부인이 에두아르도 루카스를 찾아가신 것도, 그에게 편지를 건네주신 것도, 그리고 어제저녁 교묘한 방법으로 루카스의 방에 다시 들어가신 것도, 그리고 카펫 아래의 비밀 장소에 감춰져 있던 편지를 꺼내 가신 것까지 말입니다."

부인은 백지장처럼 하얘진 얼굴로 홈스를 뚫어지게 쳐다보았다. 그녀는 두 번쯤 침을 삼킨 다음 말문을 열었다.

"홈스 씨, 당신 미쳤군요. 미친 거 맞죠?"

홈스는 주머니에서 두껍고 딱딱한 종잇조각을 꺼냈다. 어떤 여자의 초상화에서 얼굴만 도려낸 것이었다.

"쓸모가 있을 것 같아서 이걸 가지고 다녔죠. 경관이 어제저녁에 온 여자와 이 초상화의 주인공이 같은 인물이라고 인정했습니다."

부인은 깜짝 놀라며 숨이 막힌 듯한 표정으로 머리를 의자 등에 기댔다.

"부인은 지금 편지를 가지고 계십니다. 상황적으로 볼 때 아직은 사건을 잘 수습할 수 있습니다. 저도 부인을 난처하게 만들 생각은 전혀 없습니다. 다만 편지를 찾아서 부인의 남편에게 돌려주기만 하면 제 임무는 끝납니다. 제 말대로 하시고, 이제 모든 걸 다 고백하십시오. 기회는 지금밖에 없습니다."

부인은 고집이 대단한 사람이었다. 진상이 이렇게 밝혀졌는데도 자신의 행동이라는 것을 인정하려 들지 않았다.

"홈스 씨, 거듭 말하지만 당신은 지금 오해를 하고 계신 것 같군요."

홈스는 의자에서 벌떡 일어섰다.

"참으로 유감입니다, 부인. 저는 부인을 위해 나름대로 최선을 다했습니다. 하지만 모두 헛수고가 되었군요."

홈스가 벨을 울리자, 집사가 들어왔다.

"트렐로니 호프 장관께서는 언제 오시나요?"

"열두 시 사십오 분에 돌아오실 예정입니다."

홈스는 시계를 꺼내 보았다.

"아직 15분이 남았군. 알겠소, 그만 가 보시오. 장관이 오실 때까지 기다리겠소."

집사가 방문을 닫기도 전에 호프 부인은 발밑에 무릎을 꿇었다. 눈을 들어 위를 올려다보는 그녀의 아름다운 얼굴은 온통 눈물로 젖어 있었다.

"저를 용서해 주세요. 홈스 씨, 용서해 주세요."

부인은 흥분을 가라앉히지 못한 채 애원했다.

"제발 남편에게 말하지 마세요. 부탁이에요. 저는 진심으로 남편을 사랑하고 있습니다. 하지만 이 사실을 알게 되면, 남편의 고귀한 마음에 상처를 주게 됩니다."

홈스는 자리에서 일어나 부인을 일으켰다.

"부인, 마지막 순간이라도 본심으로 돌아와 주셔서 감사합니다. 이제 시간이 별로 없습니다. 편지는 어디에 있습니까?"

부인은 얼른 책상으로 뛰어가 열쇠로 서랍을 연 다음 파란 봉투를 꺼냈다.

"이겁니다. 홈스 씨, 이런 건 애당초 내 눈에 띄지 말아야 했어요."

"이걸 어떻게 돌려주지?"

홈스가 혼잣말처럼 중얼거렸다.

"빨리 무슨 방법을 생각해 내야 하는데……, 문서 보관함은 어디 있나요?"

"아직 침실에 그대로 있습니다."

"정말 다행이군요. 부인, 문서함을 빨리 가져오십시오."

잠시 뒤에 부인이 붉은색의 납작한 문서함을 가지고 돌아왔다.

"먼젓번에는 어떻게 여셨죠? 복제한 열쇠를 가지고 계시겠죠? 어서 여십시오."

부인은 품 안에서 조그만 열쇠를 꺼냈다. 문서함은 쉽게 열렸다.

안에는 여러 서류가 가득 들어 있었다. 홈스는 파란 봉투를 서류 중간쯤에 깊숙이 넣었다. 그러고는 문서함을 닫고 열쇠로 잠근 다음 다시 침실에 갖다 놓으라고 말했다.

"이제 호프 장관을 만날 준비가 다 됐군요. 아직 10분이 남았습니다. 부인, 저는 부인을 보호해 드리려고 이렇게 무리한 짓을 하고 있습니다. 대신, 부인은 이 사건의 진상을 숨김없이 얘기해 주셔야겠습니다."

"홈스 씨, 모두 말씀드리겠어요. 내 남편의 마음을 한순간이라도 괴롭히느니 차라리 제 오른팔이 잘리는 게 나을 겁니다. 세상에서 저만큼 남편을 사랑하는 여자도 없을 거예요. 그런데도 저는 이런 짓을 해야만 했어요. 남편이 제가 한 일을 안다면, 아마 절 용서하지 않을 거예요. 워낙 명예를 존중하는 분이라, 남의 잘못을 잊어버리거나 용서하질 못하거든요. 홈스 씨, 제발 저를 도와주세요. 제 행복, 남편의 행복, 그리고 저희들 생활 자체가 위험에 빠질지도 모르거든요."

"걱정 마시고, 빨리 사건의 진상을 말씀하시지요. 시간이 별로 없습니다."

"사건은 제가 철없이 쓴 편지에서부터 시작되었어요. 결혼

전에 사랑에 빠진 한 소녀가 충동적으로 쓴 철없는 편지였지요. 그 안에 철딱서니 없는 말들을 써 놓았는데, 만일 남편이 그 편지를 읽는다면 제게 무슨 잘못이라도 있는 것처럼 생각하고 다시는 저를 사랑하지 않을 거라는 생각이 들었어요.

그 편지를 쓴 건 아주 오래전이었어요. 전 까맣게 잊어버리고 있었거든요. 그런데 루카스에게서 연락이 왔어요. 그 편지를 자기가 가지고 있는데, 남편에게 보여 줄 거라고 협박하더군요. 저는 제발 그러지 말라고 애원했지요. 그랬더니 그는 남편의 문서함에 들어 있는 이러이러한 편지를 넘겨주면 내 편지를 돌려주겠다고 했어요. 정부 기관에 스파이를 투입해서 그런 편지가 있다는 걸 알아낸 모양이었어요. 그는 남편에게는 피해가 가지 않을 거라고 장담했어요. 홈스 씨, 제 입장에서 한번 생각해 보세요. 어떻게 했으면 좋았을까요?"

"남편에게 모든 사실을 털어놓았어야 합니다."

"홈스 씨, 그건 안 돼요. 그렇게 하면 남편과 제 사이는 끝장나 버리고 말 게 분명해요. 저로서는 남편과 제 사이가 끝장나는 것보다는 남편의 편지를 훔치는 것이 낫다고 생각했어요. 물론 나쁜 짓 같긴 했지만, 정치에 관한 일이라 그게 어떤 결과를 가져오는지를 저는 잘 몰랐거든요.

그래서 저는 루카스의 요구를 들어주기로 결심한 거죠. 제가 남편 열쇠의 본을 떴고 루카스가 열쇠를 복제해 주었어요. 저는 그 열쇠로 문서함을 열고 편지를 꺼내서 고돌핀 가로 가져갔어요."

"거기서 무슨 일이 있었습니까?"

"미리 약속한 대로 저는 현관문을 두드렸어요. 루카스가 직접 문을 열어 주더군요. 그의 뒤를 따라 집 안으로 들어갔지만 현관문을 좀 열어 두었습니다. 루카스와 둘이서만 있는 게 두려웠거든요. 그런데 제가 안으로 들어갈 때 웬 여자가 밖에 서 있는 것을 봤어요. 교환은 금방 끝났어요. 루카스가 제 편지를 책상 위에 올려놓기에, 저는 제가 가져간 편지를 그에게 넘겨주었지요. 루카스도 제 편지를 저에게 넘겨주었어요. 바로 그때 문간에서 이상한 소리가 들렸어요. 그러고는 복도에서 발소리가 들렸죠. 루카스는 재빨리 카펫을 젖히고 그 밑에 있는 비밀 장소에다 편지를 넣고는 다시 카펫을 덮었어요.

그 뒤에 일어난 일은 상상조차 하기 힘들 정도로 악몽이었어요. 지금도 그 여자의 가무잡잡한, 미친 듯한 얼굴이 눈에 선해요. 그 여자는 프랑스 어로 '내가 지금까지 이 날을 기다려 왔다. 드디어 딴 여자와 함께 있는 현장을 잡았어!'라고 소리치더군요. 그러고 나서 무시무시한 싸움이 벌어졌어요. 루카스가 의자를 들어 올리려고 했고, 여자의 손에서는 단도가 번쩍거렸어요. 거기까지 보고, 저는 그 끔찍한 현장에서 정신없이 도망쳐 나왔어요.

하지만 루카스가 죽었다는 사실을 다음 날 신문을 볼 때까지는 몰랐어요. 전날 밤까지만 해도 저는 행복했습니다. 제 편지를 찾았을 뿐 아니라 앞으로 무슨 일이 벌어질지 전혀 몰랐으니까요.

다음 날 아침에야 저는 한 가지 불행을 피하기 위해 다른 불행을 불러들였다는 사실을 깨달았어요. 편지가 없어진 걸 발견하고 괴로워하는 남편을 보면서 저는 가슴이 찢어지는 것 같았어요. 그 자리에서 무릎을 꿇고 제가 저지른 잘못을 모두 털어놓고 싶을 정도였어요. 하지만 그렇게 되면 제 과거의 일까지 털어놓아야 하기 때문에 그렇게 할 수가 없었어요.

그래서 저는 당신을 찾아갔어요. 제가 얼마나 엄청난 짓을 저질렀는지 알고 싶었거든요. 사실을 확인하고 나서부터 저는 남편의 편지를 찾아야겠다는 일념에 사로잡혔어요. 편지는 아직 루카스가 숨겨 두었던 장소에 그대로 있는 게 분명하다고 생각했거든요. 그 여자가 나타나지 않았더라면 루카스가 어디에 편지를 숨겨 두었는지 몰랐겠지만……, 그 무서운 여자가 방 안에 들어오기 전에 숨겨 둔 거니까요. 이틀 동안 저는 그 방에 들어가려면 어떻게 할까를 고민하며, 그 집 동향을 살펴보았어요.

하지만 한 번도 현관문이 열린 적이 없었어요.

그래서 어제저녁에 마지막 시도를 해 본 거예요. 제가 그 방에 어떻게 들어가 편지를 가지고 나왔는지는 당신도 이미 알고 계시죠? 저는 편지를 가지고 돌아와, 그걸 없애 버릴까도 생각해 보았어요. 남편에게 돌려주면 제가 한 잘못을 모두 털어놓아야만 된다고 생각했기 때문이죠. 어쩌면 좋아……. 계단에서 남편의 발소리가 나는데요."

호프 장관은 흥분해서 방 안으로 뛰어 들어왔다.

"홈스 씨, 무슨 새로운 소식이라도 있나요?"

"사건 해결의 희망이 보이고 있습니다."

순간, 호프 장관의 얼굴이 환해졌다.

"아, 정말이오? 고맙소. 점심 식사를 하러 수상께서 함께 오셨소. 그분에게 희망이 보인다는 얘기를 해도 될까요? 수상께선 강철처럼 강인한 분이시지만, 이번에 일어난 끔찍한 사건 때문에 밤에 한숨도 못 주무시는 것 같소. 제이콥스, 수상께 이쪽으로 오시라고 전해 주게. 여보, 정치적인 이야기를 나눠야 하니까 당신은 자리를 좀 피해 주겠소? 식당에서 기다리고 있으면, 우리도 곧 가겠소."

수상의 태도는 무척 침착해 보였지만, 눈빛이 날카롭고 뼈만 남은 손이 떨리고 있는 것으로 보아 호프 장관과 마찬가지로 몹시 흥분되어 있음을 알 수 있었다.

"보고할 이야기가 있다고요, 홈스 씨?"

"아직까지는 확실치 않습니다. 편지가 있을 만한 곳은 모조리 조사해 보았습니다. 그래도 찾을 수 없는 걸로 봐서는 우려하셨던 위험은 없는 것이 확실해 보입니다."

"그러나 그것만으로는 충분하지 않소, 홈스 씨. 언제까지 이렇게 불안한 기분을 안고 살아갈 수는 없지 않겠소? 우리에게는 뭔가 뚜렷한 증거가 필요하오."

"그런 증거를 입수할 수 있다고 생각해서 제가 찾아온 것입니다. 이 사건을 생각하면 할수록 편지가 이 댁에서 나가지 않았다는 확신이 듭니다."

"홈스 씨, 그게 무슨 소리요?"

"편지가 이 댁에서 나갔다면 지금쯤은 공개되지 않았겠습니까?"

"편지를 훔쳐 낸 다음에, 그걸 집 안에 숨겨 둔다는 것이 말이나 되오?"

"그런 뜻이 아닙니다. 저는 아무도 편지를 훔치지 않았다고 확신하고 있습니다."

"그럼, 편지가 문서함에서 왜 없어졌다는 거요?"

"문서함에서 없어진 건지 확실히 모르잖습니까?"

"홈스 씨, 지금은 농담할 때가 아니오. 확실히 문서함에서 없어졌다고 했잖소."

"화요일 아침 이후에 문서함을 살펴보신 적이 있으신가요?"

"아니요, 그럴 필요가 없었소."

"혹시 편지를 보지 못하고 넘어간 건 아닌가요?"

"그런 말도 되지 않는 소리가 어디 있소?"

"하지만 저는 그런 일이 일어나는 걸 전에도 몇 번 본 적이 있거든요. 문서함 속에는 다른 서류들도 들어 있겠죠? 그럼, 혹시 다른 서류와 섞일 수도 있는 것 아닌가요?"

"나는 그 편지를 가장 위에 두었소."

"누군가가 상자를 흔들었다면 위치가 바뀔 수도 있잖겠습니까?"

"아니오, 그럴 리가 없소. 모두 꺼내 보았단 말이오."

둘이서 옥신각신하는 듯하자 수상이 끼어들었다.

"호프 장관, 그걸 확인해 보는 건 그리 어려운 일이 아니잖소. 문서함을 가져오라고 하시오."

호프 장관이 벨을 눌러 집사를 불렀다.

"제이콥스, 문서함을 가져오게. 이건 시간만 낭비하는 것이지만……, 홈스 씨가 믿지 않으니 조사를 해 보지요."

얼마 뒤, 제이콥스가 문서함을 가져왔다.

"수고했네. 여기 놔두게. 열쇠는 항상 제 시곗줄에 달려 있습니다. 자, 이게 서류들입니다. 메로우 경에게서 온 편지, 찰스 하디 경의 보고서, 베오그라드에서 보낸 각서, 러시아와 독일 사이의 곡물세에 관한 문서, 마드리드에서 온 편지, 플라워스 경의 편지……, 아니, 이럴 수가! 이게 뭐야? 벨린저 경이라고?"

수상은 호프 장관의 손에 있는 푸른 봉투를 낚아챘다.

"바로 이거야! 안에 들어 있던 내용물도 그대로군. 호프 장관, 정말 천만다행이네."

"고맙소! 정말 고맙소! 이제야 무거운 짐을 덜었군. 그렇지만 정말 상상할 수도 없는 일이었소. 말도 안 되는 일인 줄 알았는데……. 홈스 씨, 당신은 마법사요, 마법사! 그런데 편지가 문서함 안에 있다는 걸 어떻게 알았소?"

"다른 곳 어디에도 없었으니까요."

"정말 내 눈을 믿을 수 없구려! 이 사람이 어디 있지? 모든 일이 잘 해결되었다고 말해 줘야 하는데……. 힐다, 힐다!"

호프 장관이 문 쪽으로 달려가자, 수상은 눈을 반짝이면서 홈스를 바라보았다.

"자, 홈스 씨, 편지가 문서함 속에 그대로 있다는 생각을 한 데는 무슨 특별한 이유가 있었을 텐데요. 이 편지가 어떻게 해서 돌아와 있는 거요?"

홈스는 빤히 쳐다보고 있는 수상에게서 눈길을 돌리며 미소를 지었다.

"우리에게도 외교상의 비밀이 있답니다. 그럼, 이만 실례하겠습니다."

홈스는 모자를 들고 문 쪽으로 돌아섰다.

프라이어리 학교의 수수께끼 사건

쓰러진 의뢰인

베이커 가에 자리한 우리의 하숙집에는 언제나 많은 사람이 드나든다. 그래서인지 우리 하숙집에서는 인생은 연극 무대라는 생각이 들 만한 일들과 종종 부딪히곤 한다. 그중에서도 문학 박사이자 철학 박사인 소니클포트 헉스터블 박사가 나타났을 때만큼 우리 가슴을 조마조마하게 한 일은 없었던 것 같다.

이 인물의 학문적 명성을 드러내기에는 너무 작게 느껴지는 명함을 받은 지 몇 초도 되지 않아 박사가 방으로 들어왔다. 믿을 만한 사람이라는 인상을 갖기에 충분할 만큼 건장하고 당당해 보였다.

그런데 박사는 문을 닫자마자 약간 휘청거리는가 싶더니 탁자를 손으로 잡고 간신히 서 있다가 갑자기 '쿵' 하는 소리를 내며 쓰러졌다. 몸집이 커다란 박사가 의식을 잃고 곰 가죽 깔개 위로 엎드리듯이 쓰러진 것이었다.

우리는 깜짝 놀라 자리에서 벌떡 일어났지만, 잠시 동안 아무 말도 하지 못한 채 어리둥절해 하며 쓰러진 박사를 멍하니 바라보았다. 그의 모습은 마치 인생이라는 바다 위를 항해하다가, 예상치 못한 거대한 폭풍을 만나 난파당한 거대한 배의 잔해처럼 느껴졌다.

홈스가 서둘러 방석을 머리 밑에 대 주었고, 나는 브랜디를 박사의 입에 흘려 넣어 주었다.

쓰러진 사람의 얼굴은 매우 창백했으며, 마음고생을 한 흔적이 역력했다. 감고 있는 눈 밑에는 검은 그림자가 드리워져 있었고, 약간 벌어진 입은 고통으로 일그러져 있었다. 두툼하게 살찐 턱은 면도를 하지 못해 수염이 텁수룩하게 자라 있었다. 오랫동안 여행을 했는지 셔츠가 몹시 더러웠고, 빗질을 하지 못해 흐트러진 머리칼은 박사가 받은 정신적인 충격이 어떤 것인지를 적나라하게 드러냈다.

"왜 이런 거지, 왓슨?"

홈스가 다급한 목소리로 물었다.

"피곤하고 지쳐 있다가 긴장이 풀렸나 봐. 어쩌면 단순한 피로와 굶주림 때문일 수도 있고……."

내가 박사의 손목을 잡고 맥을 짚으며 말했다. 박사의 맥박은 매우 가늘고 약했다.

"영국 북부 지방의 맥클턴 지역에서 출발했나 보네. 여기 왕복 기차표가 있군."

홈스가 시계 주머니에서 열차표를 꺼내며 말했다.

"아직 열두 시도 되지 않았는데 이곳에 도착한 것을 보면, 새벽 일찍 출발한 모양이군."

그때 축 늘어진 박사의 눈꺼풀이 떨리기 시작했다. 박사는 초점 없는 멍한 눈빛으로 우리를 올려다보다가 갑자기 정신이 드는지, 얼른 두 손을 짚고 몸을 일으켰다.

그는 당혹스러움으로 벌게진 얼굴로 말했다.

"이런 모습을 보여 드려서 죄송합니다, 홈스 씨. 며칠 동안 무리를 했더니 힘들었던 모양입니다. 우유와 먹을 것을 주시면 고맙겠습니다. 뭘 좀 먹으면 금방 괜찮아질 겁니다.

이렇게 예고도 없이 불쑥 홈스 씨를 찾아온 이유는, 저와 함께 어디를 가 주십사 부탁하기 위해서입니다. 전보로는 사태의 심각성을 제대로 전달하지 못할 것 같아서 부득이 직접 왔습니다."

"좀 더 누워 계셔야 할 텐데요……."

"아, 이제 괜찮습니다. 내 몸이 이렇게 약해지리라고는 상상도 못했는데……. 참 홈스 씨, 저와 함께 다음 열차로 맥클턴으로 가 주실 수는 없겠습니까? 꼭 좀 함께 가 주시길 청합니다."

홈스는 고개를 저었다.

"여기 있는 왓슨 박사에게 물어보면 아시겠지만, 지금은 제가 너무 바빠서 곤란합니다. 여러 가지 사건이 겹쳐 있어서 꼼짝할 수가 없습니다. 애버게베니 살인 사건도 곧 재판이 열릴 예정이어서, 정말 중요한 사건이 아니고서는 지금 당장 런던을 떠날 수 없는 상황입니다."

"이 일이야말로 정말로 중요합니다."

헉스터블 박사가 손을 휘저으며 강한 어조로 말했다.

"홀더네스 공작님의 외아들이 유괴당했습니다. 이 사건에 대해 아직 듣지 못했습니까?"

"뭐라고요? 전 수상인 홀더네스 공작님 말입니까?"

"그렇습니다. 외부로 새어 나가지 않도록 주의했습니다만, 어젯밤 '글로브'지에 기사가 실렸더군요. 홈스 씨도 알고 계시리라 생각했습니다."

홈스는 가늘고 긴 팔을 뻗어 인명사전 중 한 권을 꺼내서 펼쳐 들었다.

"홀더네스 제6대 공작. 중요 인물. 가터 훈장(영국의 최고 훈장) 수상 및 추밀원 고문관(영국 국왕 측근의 소수 귀족으로 구성된 자문 기구) 베벌리 후작이자 카스턴 백작. 원 세상에……, 작위가 많기도 하군. 1900년부터 헬람셔 경. 1888년 애플도어 경의 딸 이디스와 결혼하여 외아들 샐타이어를 둠. 토지 25만 에이커 소유. 랭커셔와 웨일스 지방에 광산 소유. 주소는 칼턴 하우스 테라스 헬람셔의 홀더네스 저택. 1872년에 해군 장관, 수상을 지냄. 모두 어마어마한 직책들이군. 왕족 중의 왕족이라고 해도 되겠어."

"그뿐 아니라 어쩌면 가장 많은 재산을 가진 분이시기도 합니다. 저는 홈스 씨가 이 분야에서 가장 뛰어난 탐정이시라는 사실을 잘 알고 있습니다. 그리고 흥미 있는 사건이라면 사건 자체를 위해 기꺼이 일을 맡으실 분이라는 것도 말입니다.

그리고 추가로 말씀드리고 싶은 점이 있습니다. 홈스 씨, 홀더네스 공작님께서는 외아들이 있는 곳을 밝혀내는 사람에게 보상금으로 5천 파운드를 주실 생각입니다. 그리고 외아들을 유괴한 범인을 지목하면 추가로 1천 파운드를 주겠다고 약속하셨습니다."

"대귀족다운 사례군요. 왓슨, 아무래도 헉스터블 박사와 함께 영국 북부로 가야겠다는 생각이 드는군. 아, 헉스터블 박사님. 우유 다 드셨으면……, 무슨 일이 언제, 어떻게 발생한 것인지 설명해 주시겠습니까? 그리고 명함을 보니, 박사님은 맥클턴 근처에 있는 프라이어리 학교의 교장 선생님이신데, 이 유괴 사건과 어떤 관련이 있는지도 설명해 주십시오. 사건이 일어난 지 3일이나 지나서 오신 이유도 말씀해 주시고요. 아, 박사님의 턱수염을 보고 3일 정도 면도를 하지 못했다고 짐작했습니다. 이번 사건에 제가 조금이나마 도움이 되었으면 좋겠군요."

우유와 과자를 다 먹고 난 박사의 얼굴에 생기가 돌았고, 창백했던 뺨의 혈색도 제법 밝아졌다.

박사는 차분한 목소리로 이야기를 시작했다.

"먼저 두 분이 알아 두실 일이 있습니다. 프라이어리 학교는 제가 설립했고, 현재 제가 교장으로 있습니다. '헉스터블의 호라티우스 해명'의 저자라고 하면 저를 아실지도 모르겠습니다.

프라이어리 학교는 일반 초등학교와는 달리 영국에서 가장 뛰어난 아이들이 공부하는 최우수 사립 초등학교입니다. 레버스톡 경, 블랙워터 백작, 캐스카트 솜즈 경 등 내로라하는 귀족들의 자제들이 모두 우리 학교에서 공부하고 있습니다.

그런데 3주 전, 홀더네스 공작님께서 비서 제임스 와일더를 보내 열 살 난 외아들 샐타이어를 우리 학교에 맡기고 싶다고 했습니다. 공작님의 유일한 상속자이자 후계자인 샐타이어를 말입니다.

전 우리 학교 최대의 명예라고 생각하여 그 자리에서 바로 허락을 했습니다. 그러나 이 일이 제 인생에서 가장 혹독하고 비참한 시련이 될 줄은 정말이지 상상도 못했습니다.

샐타이어는 여름 학기가 시작되는 시기인 5월 1일에 학교에 도착했습니다. 아주 호감이 가는 인상의 소년이었으며, 학교생활에도 빠르게 적응해 나갔습니다.

전 입이 무거운 편입니다만, 상황이 이렇다 보니 몇 가지 사실을 미리 말씀드려야겠다는 생각이 드는군요.

샐타이어의 가정 환경은 그다지 좋은 편이 아닙니다. 공작님과 공작 부인의 결혼 생활이 순탄하지 않다는 사실은 이미 아는 사람은 다 아는 공공연한 비밀입니다. 결국 부부간 합의로 현재 두 분은 별거 중이시고, 공작 부인은 남부 프랑스로 떠나셨습니다. 불과 얼마 전에 일어난 일이지요.

어머니를 무척 따랐던 샐타이어는 어머니가 홀더네스 저택을 떠나 남부 프랑스로 가자, 무척 우울해 하고 기운 없이 생활했습니다. 그래서 공작님께서는 아들에게 힘을 북돋아 주려고 친구들이 많은 우리 학교로 보내신 겁니다. 2주가 지나자, 샐타이어는 학교생활에 익숙해졌는지 이내 활기를 찾아 매우 밝고 씩씩하게 지내는 듯했습니다.

샐타이어를 마지막으로 본 것은 5월 13일입니다. 그러니까

지난 월요일 밤이지요. 샐타이어의 방은 2층에 있고, 그곳은 다른 두 학생이 쓰는 큰 방을 지나서 들어가게 되어 있습니다. 그런데 이 학생들은 잠자는 동안 아무 소리도 듣지 못했다고 합니다. 이런 정황으로 보아, 샐타이어는 큰 방을 통해서 밖으로 나간 게 아닙니다. 샐타이어 방의 창문이 열려 있었는데, 벽에는 무성하게 자란 담쟁이넝쿨이 땅바닥까지 이어져 있습니다. 땅에서 발자국을 발견하지는 못했지만, 담쟁이넝쿨을 타고 방을 빠져나간 게 분명합니다.

샐타이어가 없어진 것을 안 시간은 다음 날인 화요일 아침 일곱 시입니다. 침대를 보니 간밤에 잠자리에 들었던 듯 이불이 흐트러져 있었습니다. 나가기 전에 검은색 이튼 재킷에 짙은 회색 바지를 입고 나간 것 같습니다. 그러나 누군가가 방에 들어왔던 흔적은 없었습니다. 고함 소리나 다투는 소리도 듣지 못했다고 옆방 학생 중 한 명인 컨터 군이 말하더군요. 컨터 군은 매우 예민한 편이라서 무슨 소리가 났다면 못 들었을 리가 없을 겁니다.

샐타이어가 없어진 것을 알고, 저는 즉시 전교 학생과 교사는 물론이고 급사들까지 모두 한자리에 소집했습니다. 그런데 없어진 사람이 샐타이어 말고 한 명 더 있었습니다. 바로 독일어 교사인 하이데거 선생이 나타나지 않았던 겁니다. 하이데거 선생의 방도 2층 복도 끝에 있는데, 샐타이어의 방과 같은 줄입니다. 하이데거 선생 역시 잠을 자다가 밖으로 나간 듯 이불이 젖혀져 있었는데, 급하게 나간 것 같았습니다. 윗도리와 양말이 바닥에 떨어져 있었거든요. 또한 그도 벽 담쟁이넝쿨을 타고 내려간 게 분명합니다. 잔디밭에서 발자국이 발견되었으니까요. 그리고 잔디밭 옆 나무 창고에 항상 보관해 두던 선생의 자전거도 사라지고 없었습니다.

하이데거 선생은 2년 전부터 우리 학교에서 근무해 왔습니다. 추천서가 아주 훌륭한 선생님이었습니다만, 말이 없고 성격이 까다로운 탓에 학생들이나 교사 사이에서 인기가 좋은 편은 아니었습니다.

지금이 벌써 목요일 아침인데, 샐타이어와 하이데거 선생의 흔적은 어디에서도 발견되지 않고 있습니다. 물론, 홀더네스 저택에 계신 공작님께도 연락을 했습니다. 그 집은 학교에서 불과 2, 3마일가량 떨어져 있기 때문에 혹시 샐타이어가 갑자기 아버지가 보고 싶어서 집에 간 것은 아닐까 하는 생각도 잠시 했습니다. 그런데 집에는 가지 않았다고 합니다.

공작님께서는 지금 매우 불안해 하고 계십니다. 그리고 아까 보셔서 아시겠지만, 저 역시도 마찬가지입니다. 학생에 대한 걱정과 책임감으로 신경이 너무 쇠약해졌습니다.

홈스 씨, 최선을 다해서 사건을 해결해 주시길 부탁드립니다. 이보다 더 중대하고 가치 있는 사건은 없을 겁니다."

이상한 사건

셜록 홈스는 교장 선생이 그동안의 상황을 상세히 얘기하자 열심히 귀 기울였다. 홈스의 찌푸린 눈썹과 양미간 사이의 주름을 보니, 교장이 최선을 다해 달라고 간곡하게 부탁하지 않아도 이미 이 복잡하고 기묘한 사건에 마음을 빼앗긴 것이 분명해 보였다. 어마어마한 보상금은 제쳐 놓고라도, 이 사건은 복잡하고 특이한 사건을 좋아하는 홈스의 구미에 딱 맞았기 때문이다.

홈스는 수첩을 꺼내 몇 가지 사항을 기록하며 심각하게 말했다.

"왜 좀 더 빨리 찾아오지 않으셨나요? 늦게 오시는 바람에 수사의 시작부터 차질이 생겼습니다. 제가 지금 가서 담쟁이넝쿨과 잔디밭을 조사한다 해도 증거들은 이미 사라져 버렸을 겁니다. 아무리 전문가라 해도 소용없을 겁니다."

"지나간 일을 말해 무엇하겠습니까. 하지만 공작님께서 이 일이 세상에 알려지는 것을 극도로 꺼리셔서 어쩔 수 없었습니다. 그분은 자신과 관련된 불미스러운 일이 세상에 알려지는 걸 극도로 싫어하십니다. 그런 종류의 일을 절대로 용납하지 못하는 성격이십니다."

"하지만 경찰은 수사를 했겠지요?"

"네, 그렇지만 경찰에서도 제가 말씀드린 것 이상은 알아내지 못했습니다. 가까운 역에서 아침 일찍 한 소년과 젊은이가 열차를 타고 어디론가 가는 모습을 봤다는 사람이 있었는데, 어젯밤 그 일행을 리버풀에서 찾았습니다. 그러나 이번 사건과는 무관한 사람들이었습니다. 결국 간밤에 한숨도 자지 못하고 실망과 절망에 빠져 뜬눈으로 지새운 다음, 제가 오늘 아침 일찍 열차를 타고 홈스 씨를 찾아온 겁니다."

"잘못된 단서라는 게 밝혀지자, 지역 경찰에서는 수사를 포기한 모양이죠?"

"네, 완전히 중단되었습니다. 이제는 아예 손을 놓은 것 같았습니다."

"그 탓에 사흘이나 허비된 거로군요. 좀 더 빨리 오셨더라면 쉽게 해결할 수도 있었을 텐데……."

"네, 저도 그 점을 안타깝게 생각합니다."

"하지만 아직 사건을 해결할 수 있는 가능성은 남아 있습니다. 조사해 보면 알 수 있겠지요. 기꺼이 해 보겠습니다. 샐타이어와 하이데거 교사는 특별한 관계였습니까?"

"그렇지 않습니다. 아무런 사이도 아닐 겁니다."

"그래요? 샐타이어가 하이데거 교사의 수업을 들은 적이 있습니까?"

"아니요. 제가 알기로는, 서로 말 한마디 나눈 적도 없을 겁니다."

"정말 이상한 일이군요. 소년도 자전거를 가지고 있습니까?"

"아닙니다."

"다른 사람의 자전거가 없어지지는 않았나요?"

"아닙니다."

"확실히 확인해 봤습니까?"

"물론입니다."

"그 독일어 선생이 소년과 함께 자전거를 타고 사라졌을 가능성은 없단 말씀이시군요?"

"네, 그렇습니다."

"그럼, 박사님의 생각은 어떻습니까?"

"자전거는 눈속임일 거라는 생각이 듭니다. 어딘가에 숨겨놓고 걸어서 도망갔을 거라고 생각합니다."

"그럴 수도 있겠군요. 하지만 눈속임 치고는 어딘가 모르게 어설프군요. 창고에 다른 자전거들도 있나요?"

"4, 5대 있습니다."

"눈속임을 위해서라면 자전거 두 대를 숨겨 놓는 편이 더 그
럴듯해 보이지 않았을까요?"

"그건 그렇군요."

"물론입니다. 눈속임이란 추측은 맞지 않을 겁니다. 하지만
자전거가 사라졌다는 점은 수사에 도움이 될 것 같습니다. 자전
거는 숨기기 쉬운 물건이 아니니까요. 질문이 하나 더 있습니
다. 샐타이어가 없어지기 전에 그 아이를 만나러 온 사람은 없
었습니까?"

"없습니다."

"편지를 받은 적도 없습니까?"

"편지는 한 통 왔지요."

"누구에게서 온 것입니까?"

"공작님께서 보내신 편지였습니다."

"공작님께서 보내신 편지인 줄을 어떻게 아셨습니까?"

"편지 봉투에 찍힌 홀더네스 가문의 문장을 보고 알았습니
다. 또 주소를 쓴 글씨체가 공작님의 것이었습니다. 그리고 공
작님께서 편지를 보내셨다고 제게 말씀하셨습니다."

"그전에는 언제 편지가 왔었지요?"

"5, 6일쯤 전에 왔습니다."

"프랑스에서 온 편지는 없었습니까?"

"아니요, 한 번도 없었습니다."

"박사님, 제가 왜 이런 질문을 하는지는 아시겠습니까? 샐타이어가 자기 의지로 학교를 빠져나갔는지, 아니면 타인에 의해 강제로 납치되었는지를 알아보기 위해서입니다. 스스로 도망간 거라면 외부의 누군가가 소년을 부추겼을 겁니다. 아무도 찾아온 사람이 없었다면, 틀림없이 편지에 그 무엇이 있었을 겁니다. 그래서 소년이 만난 사람이나 편지 보낸 사람을 묻는 겁니다."

"그다지 큰 도움을 드리지 못해 죄송합니다만, 제가 아는 바로는 편지를 보낸 사람은 홀더네스 공작님 외에는 없습니다."

"공작님과 샐타이어 부자의 사이는 어땠습니까? 좋았나요?"

"공작님께서는 누구와 특별히 친하게 지내시는 분이 아닌 듯합니다. 중요한 국가 문제에만 파묻혀 지내셔서인지 부자지간의 정이 각별한 것 같지는 않았습니다. 하지만 공작님 나름대로는 외아들을 몹시 위하고 아꼈습니다."

"하지만 어머니와는 사이가 아주 좋았다고 하셨죠?"

"네, 그렇습니다."

"샐타이어가 그렇게 말했습니까?"

"아닙니다."

"그럼, 공작님께서 그렇게 말씀하셨습니까?"

"천만에요, 그렇지 않습니다."

"그럼, 그걸 어떻게 아셨습니까?"

"공작님의 비서인 제임스 와일더와 대화를 나누었는데, 그가 샐타이어에 관해 이런저런 이야기들을 들려주었습니다."

"그랬군요. 그러면 공작님께서 보내신 마지막 편지가 샐타이어의 방에서 발견되었습니까?"

"아닙니다. 샐타이어가 그 편지를 갖고 갔는지 아무리 찾아도 없었습니다. 그런데 홈스 씨, 이제 그만 유스턴 기차역으로 가셔야 할 시간입니다."

"마차를 부르겠습니다. 15분이면 될 겁니다. 헉스터블 박사님, 집으로 전보를 치세요. 사람들이 박사가 아직 리버풀이라든가 어딘가에서 사건 수사를 부탁하고 있다고 생각하도록 말입니다. 그러면 제가 비밀리에 학교에서 수사를 할 수 있으니까요. 사건이 발생하고 시간이 많이 지나서 제대로 된 증거를 찾을 수 있을지는 모르겠습니다만, 왓슨과 함께 조사를 한다면 무언가 실마리를 잡을 수 있을 겁니다."

현장에서의 조사

그날 저녁 무렵, 우리는 헉스터블 박사의 학교가 있는 영국 북부 피크 지방에 도착했다. 그곳의 공기는 런던과는 달리 매우 맑고 상쾌했다.

우리가 학교에 도착했을 때, 날은 이미 어두워져 있었다. 응접실에 들어가니 탁자 위에 명함이 한 장 놓여 있었다. 잠시 뒤 집사가 들어와서 박사의 귀에 대고 무언가를 소곤거리자, 박사는 깜짝 놀라면서 우리 쪽으로 얼굴을 돌리며 말했다.

"공작님께서 이곳에 오신 모양입니다. 공작님께서는 와일더 비서와 함께 서재에 계시다고 합니다. 저를 따라오십시오. 인사 시켜 드리겠습니다."

나는 유명한 정치가인 공작의 얼굴을 사진으로 몇 번 보아서 잘 알고 있었는데, 실제로 만나 보니 사진과는 사뭇 인상이 달랐다. 키가 크고 위엄이 풍기는 모습이었으며, 빈틈없이 격식을 갖춰 입은 옷차림이었다. 긴 얼굴에 우뚝 솟은 매부리코와 석고 상처럼 창백한 낯빛, 그리고 길게 늘어뜨린 붉은 턱수염이 참으로 인상적이었다.

공작은 위엄 있는 표정으로 우리를 바라보았지만, 얼굴에는 근심의 구름이 잔뜩 끼어 있었다. 홀더네스 공작 옆에는 매우 젊은 남자가 서 있었는데, 박사가 말하던 와일더 비서인 듯했다. 몸집이 작은 그는 인상이 무척 날카로웠는데, 제법 똑똑해 보이는 젊은이였다.

무겁게 깔려 있는 침묵을 깬 것은 말투가 날카로운 와일더 비서였다.

"헉스터블 박사님, 오늘 아침 박사님을 만나려고 했는데 이미 이번 일을 의뢰하려고 런던으로 출발하신 뒤더군요. 셜록 홈스 씨에게 이번 사건을 맡기시려고 한다는 얘기를 전해 듣고 공작님께서 무척 놀라셨습니다. 공작님께 의논도 드리지 않고 혼자서 결정하시다니……."

"하지만 경찰도 이번 사건에서 손을 뗐……."

"공작님은 절대로 수사가 끝났다고 생각하지 않으십니다."

"하지만 와일더 씨, 분명히 경찰은……."

"헉스터블 박사님, 잘 아시겠지만 공작님은 이번 사건이 세상에 알려지는 것을 매우 꺼리십니다. 또한 이번 사건에 많은 사람이 개입하는 것을 원치 않으시고요……."

"그렇다면 모두 그만두지요."

박사가 인상을 찌푸리며 대꾸했다.

"셜록 홈스 씨는 내일 아침 기차로 런던으로 돌아가시면 되니까요."

"아니요. 저는 런던으로 돌아갈 계획이 없습니다, 박사님."

홈스가 상냥한 말투로 말을 가로막았다.

"이곳 공기도 신선하고 좋으니 며칠간 머물면서 휴식을 취하고 싶습니다. 이곳에 머물지, 마을로 내려가 숙소를 구할지는 박사님이 결정해 주십시오."

난처해진 헉스터블 박사는 이러지도 저러지도 못 한 채 입을 열지 못했다.

그러자 붉은 수염 공작이 입을 열었다. 마치 종이 울리는 듯, 깊게 울려 퍼지는 음성이었다.

"와일더 비서의 말대로 나와 먼저 상의를 했으면 좋았을 거란 생각이 들었네, 헉스터블 박사. 하지만 홈스 씨가 자네 부탁을 들어주기로 결정했으니, 이를 거절하는 것도 예의가 아니지 않나. 그리고 홈스 씨, 마을에서 묵지 말고……, 괜찮다면 우리 집에서 묵는 것이 어떻겠소?"

"고맙습니다, 공작님. 그런데 사건을 수사하려면 사건 현장과 최대한 가까운 곳에서 지내는 것이 좋습니다."

"아, 그렇소? 그럼, 좋을 대로 하시오. 홈스 씨, 필요한 것이나 궁금한 것이 있으면 와일더 비서나 나에게 언제든 말하시오."

"그러면 여기서 직접 물어보는 편이 좋겠군요. 한 가지 질문이 있습니다. 아드님의 실종에 관해서 무슨 짐작이라도 가는 사실이 있으신지요?"

"아니요, 전혀 없소."

"심기가 불편하실 질문을 해서 죄송합니다만, 어쩔 수 없군요. 공작 부인께서 이 사건과 어떤 관계가 있다고 생각하진 않으십니까?"

홀더네스 공작은 대답하기가 몹시 난처한 듯 한동안 말이 없었다.

"그렇게 생각하지 않소."

마침내 공작이 약간 더듬거리면서 대답했다.

"아드님의 몸값을 노리는 유괴범의 소행일 가능성이 있습니다. 혹시 몸값을 요구하는 협박 편지 같은 것을 받으신 적은 없나요?"

"없소, 홈스 씨."

"한 가지만 더 여쭤 보겠습니다. 사건이 일어나던 날, 아드님께 편지를 보내셨다고 들었습니다."

"아니요. 편지는 그 전날 쓴 것이오."

"아, 그렇겠군요. 아드님이 그걸 받은 것은 사건 당일이었고요?"

"그렇소."

"혹시 그 편지에 아드님의 마음이 상할 만한, 또는 충격받을 만한 내용이 들어 있진 않았나요?"

"아니요, 다른 때와 같이 일상적인 이야기를 썼소."

"편지를 직접 부치셨나요?"

공작이 대답하기도 전에 와일더 비서가 황급히 끼어들었다.

"공작님께서는 편지를 직접 부치시지 않습니다. 다른 서류들과 함께 편지들을 서재 책상에 올려놓으시면 제가 그 편지들을 부칩니다."

"그럼, 확실히 그 편지를 부쳤습니까?"

"물론입니다. 제 눈으로 똑똑히 확인했습니다."

"그날 공작님께서 쓰신 편지가 모두 몇 통이나 되었지요?"

"2, 30통 정도 될 겁니다. 아주 양이 많았습니다. 그런데 사건과 편지가 무슨 상관이 있는 겁니까? 제 생각엔 아무 상관이 없을 것 같은데……."

"그렇지만은 않지요."

홈스의 대답에, 공작이 입을 열었다.

"내 입장에서는……, 경찰에 프랑스 남부 지방을 조사하는 게 좋겠다고 말해 놓았소. 내 아내가 이처럼 엉뚱한 일을 하리라고는 생각하지 않소만, 아들 녀석이 워낙 외고집이라 프랑스에 있는 제 어머니에게 갔을 수도 있소. 그 독일어 선생이 충동질을 했다면 말이오. 나는 이제 그만 돌아가야겠소, 헉스터블 박사."

나는 홈스가 몇 가지 사항을 더 질문하고 싶어 한다는 것을 알았지만, 공작의 무뚝뚝한 태도 때문인지 그만두는 것 같았다.

지나치게 귀족적인 성격 탓에 공작은 집안 이야기를 낯선 사람에게 설명하는 일을 굉장히 불쾌하게 여기는 것 같았다. 또한 홈스가 캐물으면 캐물을수록 공작이라는 지위에 가려진 자신의 그늘진 구석이 드러날까 봐 두려워하는 듯했다.

공작과 비서가 학교를 떠나자, 홈스는 곧바로 수사에 들어갔다.

우선 샐타이어가 쓰던 방을 샅샅이 조사했지만, 밖으로 나갈 유일한 길이 창문이라는 점 외에는 아무런 단서도 얻지 못했다. 또한 독일어 교사인 하이데거의 방도 조사해 봤지만 역시 아무런 실마리도 잡히지 않았다. 하이데거 선생 역시 담쟁이넝쿨을 타고 내려간 듯, 짧은 풀이 푸르게 자란 잔디밭에 움푹 파인 발자국이 남아 있었다. 소년과 선생의 야반도주를 말해 주는 증거는 그것뿐이었다.

홈스는 혼자 집을 나서더니 밤 11시가 넘어서야 돌아왔다. 그는 어디서 구했는지 육지 측량부의 그 근방 지도 한 장을 들고 내 방으로 들어왔다. 침대 위에 지도를 펼쳐 놓은 홈스는 지도 중앙에 램프를 비추고는 담배를 피우기 시작했다. 그리고 흥미

있는 것을 발견하면 연기가 나는 파이프로 그곳을 가리키기도
했다.

"왓슨, 이번 사건은 무척 흥미로워."

홈스가 말했다.

"아주 중요한 사실이 몇 가지 있다네. 우선 여기 지도를 살펴
보면 사건 수사에 도움이 될 걸세. 지도를 보게. 여기 까맣게 칠
한 사각형이 프라이어리 학교라네. 여기에 핀을 꽂아 두지. 그
리고 여기 이 선이 큰길이네. 학교에서 동서로 뻗어 있는데, 동
쪽으로나 서쪽으로는 1.5킬로미터 이내에 샛길이 없네. 그러니
까 만약 두 사람이 큰길로 나갔다면 그건 이 길밖에는 없는 셈
이지."

"정말 그렇군."

"다행히 그날 밤 이 길에 있었던 사람을 찾아낼 수 있었네. 바
로 여기, 내가 지금 파이프로 가리키고 있는 지점 말일세. 이 지
점에서 경관 한 명이 밤 열두 시부터 새벽 여섯 시까지 보초를
서고 있었다는군. 이곳에서 동쪽으로 난 첫 번째 갈림길이지.
여기서 보초를 선 경관은 한 순간도 자리를 뜬 적이 없었고, 소
년이나 남자가 지나가는 모습을 보지 못했다고 하네. 그 경찰과
아까 얘기를 나눠 봤는데, 믿을 만한 사람이더군. 그러니 동쪽
길로는 두 사람이 지나가지 않았다는 뜻이 되네.

그렇다면 이제 서쪽 길을 살펴봐야 하는데, 서쪽에는 '레드볼'이라는 여관이 하나 있다네. 그런데 공교롭게도 여관 주인은 그날 밤 안주인이 병이 나는 바람에 맥클턴으로 의사를 부르러 갔다는군. 한데 의사가 다른 환자에게 왕진을 가서 새벽까지 자리를 비운 탓에 여관 사람이 모두 밤새도록 교대로 길가에서 의사가 오는지를 기다렸다고 하네. 여관 사람들의 말이 사실이라면, 서쪽 길 역시도 두 사람이 지나갔을 가능성이 없다네.

그렇다면 결국 샐타이어와 하이데거 선생, 두 명은 이 길로 가지 않았다는 게 확실하네."

"자전거를 타고 간 것이 아닐까?"

내가 이의를 제기했다.

"그래, 자전거가 있지. 추리를 계속해 보겠네. 만약 두 사람이 길로 가지 않았다면, 학교 북쪽이나 남쪽으로 갔다는 추측이 가능하네. 우선 하나씩 살펴보도록 하지. 우선 학교 남쪽을 살펴보도록 하세. 보다시피 학교 남쪽은 경작지여서 논밭으로 이루어져 있네. 바둑판처럼 땅이 나누어져 있는 데다 들판 둘레는 돌길이기 때문에, 이 길로는 자전거가 도무지 다닐 수 없네. 그럼, 학교 남쪽으로 갔을 가능성도 포기해야 하는 거지.

이제 남은 두 번째 가능성은 학교 북쪽인데, 이곳은 나무들이 울창한 숲이라네. 래기드쇼 덤불숲이라고 표시된 곳일세. 그리고 여기서 더 가면 로어 황무지야. 완만한 언덕길이 10마일가량 뻗어 있지. 여기, 황무지가 끝나는 곳에 홀더네스 저택이 있네. 도로를 이용하면 16킬로미터 정도 되지만, 이 황무지를 가로질러 가면 10킬로미터밖에 되지 않네. 사람들이 거의 다니지 않는 황무지라서 소와 양을 기르는 농가 몇 채가 있는 걸 제외하면 황무지에 사는 것은 새 같은 날짐승뿐이라네.

그리고 체스터필드 거리까지는 아무것도 없다네. 여기에 교회가 하나 있고 오두막 몇 채, 그리고 여관이 있네. 언덕을 넘어가면 경사가 급한 절벽이 나오지. 아무래도 이 지역을 조사해야 될 것 같지 않나?"

"하지만 자전거는?"

"그렇지, 자네가 생각하는 서툰 자전거 솜씨로는 곤란하겠지만 숙달된 사람이라면 포장도로가 아니어도 상관없네. 황무지에 오솔길이 나 있고, 게다가 그날 밤은 날씨도 맑고 달도 밝았다고 하니 아무 문제가 없었을 걸세. 그런데 이게 무슨 소리지?"

누군가가 힘차게 방문을 두드리는 소리가 들렸다. 곧이어 헉스터블 박사가 다급하게 방으로 들어왔다. 박사는 손에 파란 크리켓 운동용 모자를 들고 있었다. 모자 맨 위에는 하얀 갈매기 무늬 장식이 달려 있었다.

"마침내 단서를 잡았습니다."

박사가 소리쳤다.

"하느님, 고맙습니다. 마침내 소년의 행방을 찾았습니다. 이건 샐타이어의 모자입니다."

"어디서 발견했습니까?"

"황무지에서 야영하던 집시들 마차 안에서 발견했습니다. 집시들은 화요일에 황무지를 떠났는데, 경찰이 오늘 뒤쫓아 가서 마차를 수색한 결과 이 모자를 찾아낸 겁니다."

"집시들은 뭐라고 하던가요?"

"발뺌하면서 거짓말을 하더군요. 화요일 아침 황무지에서 주웠다고 말입니다. 하지만 분명히 집시들은 샐타이어가 있는 곳을 알고 있을 겁니다. 다행이지 뭡니까? 경찰이 집시들을 조사하고 있으니까, 법이 무서워서라도 분명 모든 걸 털어놓을 겁니다. 공작님에게서 후한 사례금도 받을 테니 말입니다."

"지금까지는 괜찮군."

박사가 방을 나가자, 홈스가 고개를 갸웃거리며 말했다.

"로어 황무지에서 모자가 발견되었다는 사실은, 최소한 우리도 황무지를 둘러보면 뭔가 찾을 수 있다는 뜻이 되니까 말이야. 집시들을 체포한 것을 제외하면 지방 경찰이 아무 성과를 거두지 못한 게 분명하군.

여길 보게, 왓슨. 황무지를 가로지르는 수로가 있어. 지도에 표시해 놓은 게 보이지? 황무지 일부에서는 수로가 확대되면서 늪지대로 변한 지역이 있어. 홀더네스 저택과 학교 사이 지역에는 이런 늪지대가 여러 군데 있네. 날이 건조해서 다른 장소에서 흔적을 찾는 것은 쉽지 않겠지만, 늪지처럼 습기가 많은 장소에는 분명히 어떤 흔적이 남아 있을 걸세. 왓슨, 내일 아침에 깨울 테니 같이 가서 이 수수께끼 같은 사건을 풀 실마리를 찾아보세."

시체의 발견

새벽에 눈을 떠 보니 홈스는 벌써 일어나 있었다. 날이 밝자마자 홈스가 나를 깨운 것이었다. 옷을 말끔히 차려입은 걸 보니 홈스는 이미 밖을 둘러보고 온 것이 분명했다.

"잔디밭과 창고를 살펴보았네. 또 래기드쇼 덤불숲에도 갔다 왔지. 왓슨, 옆방에 코코아를 준비해 놨네. 오늘은 할 일이 아주 많으니, 서둘렀으면 좋겠네."

홈스의 눈이 반짝였고, 흥분 때문인지 얼굴에 홍조를 띠고 있었다. 마치 일감을 잔뜩 준비해 놓은 기술자의 활기찬 표정과도 같았다. 베이커 가에서는 생각에 잠긴 냉정한 모습이 대부분이었는데, 지금 이곳에서는 활기 있고 기운찬 모습이었다. 이처럼 생기에 찬 홈스의 모습을 보면서, 나는 오늘 하루가 매우 바쁘게 돌아갈 것이라고 짐작했다.

하지만 이러한 기대는 곧 실망으로 바뀌었다. 희망에 부푼 홈스와 나는 양 떼가 다니는 길이 어지러이 나 있는 황무지를 돌아다녔다. 물이끼가 끼고 적갈색 덤불로 무성한 황무지를 지나 홀더네스 저택과 황무지를 나누는 넓은 늪지대까지 왔다. 만약 샐타이어가 집 쪽으로 갔다면 분명 이곳을 지나갔을 것이고, 어떤 흔적이 남아 있을 것이라고 여겼다. 그러나 몇 번이고 늪지 주변을 살펴보았지만, 샐타이어나 하이데거 선생의 흔적은 전혀 보이지 않았다.

홈스의 얼굴이 약간 어두워진 듯했다. 홈스는 이끼 낀 길 위의 진흙 얼룩을 일일이 살펴보면서 길을 따라 걸었다. 양 떼의 발자국이 매우 많았고, 몇 킬로미터 떨어진 곳에서는 소 발자국도 발견되었다. 그러나 그 외에는 아무 흔적도 발견되지 않았다.

"일단 이 지점을 자세히 살펴보도록 하세."

홈스가 우울한 얼굴로 넓게 펼쳐진 황무지를 둘러보며 말했다.

"저 멀리에도 황무지가 있고, 사이에 좁은 길이 나 있군. 아니, 이런, 이럴 수가……! 이게 뭐지?"

이끼가 잔뜩 낀 길에서 그 옆의 작은 길로 빠져나오니, 젖은 땅 위에 자전거 바퀴 자국이 선명하게 나 있었다.

"홈스, 드디어 찾아냈군!"

내가 소리쳤다.

그러나 홈스는 고개를 저었다. 기쁘다기보다는 뭔가를 골똘히 생각하는 표정이었다.

"자전거 바퀴 자국이 맞긴 한데, 하이데거 선생의 자전거는 아니야."

홈스가 말했다.

"내가 알기로, 자전거 타이어는 마흔두 종류가 있네. 타이어 무늬는 저마다 다르지. 겉에 덮개를 덧댄 이 타이어는 던롭 사의 타이어일세. 그런데 하이데거 선생의 자전거 타이어는 팔머 사에서 만든 제품이야. 아벨링이라는 수학 선생이 확실하다며 말해 주더군. 팔머 사의 타이어 무늬는 수직선이라네. 따라서 이 자전거 바퀴 자국은 하이데거 선생의 자전거가 아니라는 뜻이야."

"그럼, 샐타이어의 것일까?"

"어쩌면……, 샐타이어가 자전거를 타고 나갔다면 말일세. 하지만 아직까지는 소년이 자전거를 타고 갔다는 증거가 없네. 이 바퀴 자국을 가지고 미루어 생각해 보면, 자전거 주인은 학교에서 출발한 것이 확실하네."

"학교 쪽으로 가고 있었는지도 모르지 않은가?"

"아냐, 그건 그렇지 않네. 왓슨, 잘 보게. 몸무게가 자전거 뒤쪽에 실리면, 뒷바퀴가 더 깊게 패일 거 아닌가. 여기 이 자국들을 살펴보게. 얕게 파인 앞바퀴 자국이 뒷바퀴에 밀려 사라지지 않았나? 이건 확실히 자전거가 학교에서 출발했다는 의미일세. 이 사실이 우리 조사와 관련이 있는지 없는지는 우선 이 바퀴 자국을 되짚어 올라가보면 알 수 있을 걸세."

우리는 바퀴 자국을 거슬러 올라갔다. 200 ~ 300미터쯤 걸어 길이 끝나는 지점에 오자, 황무지 땅은 습기로 질퍽해졌다. 길을 따라 계속 되짚어 가니 이번에는 샘물이 솟아오르는 장소가 있었는데, 이곳의 자전거 바퀴 자국은 소 발자국 때문에 지워져 버린 상태였다.

그 작은 길을 계속 따라가니 학교 뒤의 래기드쇼 덤불숲으로 이어져 있었다. 이 숲에서 자전거가 나온 것임이 분명해 보였다.

홈스는 바위 위에 걸터앉아 손으로 턱을 괴었다. 내가 담배를 두 개비나 피우고 나서야 꼼짝도 하지 않던 홈스가 비로소 몸을 일으켰다.

"아하……!"

홈스가 마침내 입을 열었다.

"흔적을 남기지 않으려고 자전거 타이어 자국을 바꿀 정도로 교활한 놈임이 틀림없어. 이런 생각을 할 정도로 머리가 좋은 범인을 상대하고 있다니, 이것 참 재미있는 사건이군. 이 문제는 일단 제쳐 두고 다시 늪지를 살펴보러 가세. 그냥 지나친 곳이 많이 있을 걸세."

우리는 다시 늪지로 가서 그 주변을 차근차근 살펴보았다. 그리고 마침내 끈기 있게 조사한 결과, 성과를 얻게 되었다.

늪 아래편 오른쪽에 진흙탕이 된 샛길이 보였다. 그쪽으로 다가간 홈스가 기쁨의 탄성을 질렀다. 가느다란 전깃줄 뭉치 같은 것의 흔적이 길 한가운데 남겨져 있었다. 바로 팔머 사의 자전거 타이어였다.

"음, 하이데거 선생의 것이 분명해! 내 추리가 제대로 들어맞았군."

홈스가 기뻐하며 소리쳤다.

"축하하네, 홈스."

내가 말했다.

"축하받기는 아직 이르네. 하지만 길을 자세히 살펴본 보람은 있는 것 같군. 이제 이 바퀴 흔적을 계속 쫓아가 보세. 그다지 길지 않을 거야."

그러나 황무지는 습기로 질퍽거리는 곳이 많았고, 자전거 바퀴 자국을 놓치기 일쑤였다. 그래도 우리는 이어진 바퀴 자국을 어렵게 발견해 가면서 계속 쫓아갔다.

"왓슨, 이것 보게. 자전거를 탄 사람은 전속력으로 달리고 있었네. 의심의 여지가 없군. 여기 선명하게 난 바퀴 자국을 보게. 바퀴 자국 두 개가 모두 비슷한 깊이로 패여 있네. 이건 자전거를 탄 사람이 앞바퀴, 즉 손잡이 쪽으로 몸을 잔뜩 기댔다는 뜻이야. 전속력으로 질주할 때처럼 말이야. 이런, 저기서는 넘어진 모양이군."

바퀴 자국이 어지럽게 엉켜 있었고, 사람이 넘어진 흔적이 남아 있었다. 발자국이 몇 개 나 있었지만, 타이어 자국은 다시 한번 사라지고 보이지 않았다.

"옆으로 넘어진 모양이군."

바닥에 넓게 엉켜 있는 흔적을 보며 내가 말했다. 그러나 홈스는 아무 말 없이 히스 꽃이 핀 덤불에서 꺾인 가지 하나를 들어 올렸다. 나는 그것을 보는 순간, 소름이 오싹 끼쳤다. 샛노란 히스 꽃의 잎이 붉은 핏빛으로 물들어 있었기 때문이다. 길 위에도, 히스 덤불 위에도……, 검붉은 핏자국이 여기저기 남아 있었다.

"이런, 세상에! 왓슨, 가만히 서 있게. 불필요한 발자국을 남기면 안 되니까. 그런데 이게 도대체 어떻게 된 일일까? 분명 상처를 입고 쓰러졌다가 다시 일어나 자전거를 타고 계속 달려간 모양이야. 그런데 다른 바퀴 자국이 없어. 소 발자국만 눈에 띄는 것이 이상해. 황소에게 받쳐서 피를 흘릴 리도 없을 텐데 말이야. 황소라니 말도 안 되지. 하지만 다른 사람의 흔적은 없는 걸……. 왓슨, 조금만 더 앞으로 가 보세. 자전거 바퀴 자국도 있고, 핏자국도 있으니까 분명 무언가를 알아낼 수 있을 걸세. 멀리 가지는 못했을 거야."

그러나 추적은 오래 걸리지 않았다. 자전거 바퀴 자국이 물기 어린 진흙 길 위를 비틀비틀 곡선을 그리며 이어져 있었다. 그 자국을 따라 눈길을 옮기던 중, 반짝 하고 빛을 내는 금속성 물체가 눈에 들어왔다. 그 물체는 무성하게 자란 히스꽃 덤불에 가려져 있었다.

우리가 덤불에서 끄집어낸 것은 팔머 사의 타이어가 달린 자전거였다. 한쪽 페달이 구부러져 있었고, 자전거 앞부분은 끔찍하게도 온통 피투성이였다. 덤불 저쪽에 구두 한 짝이 떨어져 있었다. 우리는 급히 달려갔다. 자전거의 주인이 틀림없어 보였다.

키가 크고 턱수염이 난 남자가 누워 있었다. 안경을 쓰고 있었는데, 한쪽 안경알은 빠져나가고 없었다. 머리를 세게 얻어맞고 죽은 게 분명했다. 머리 한쪽 부분이 짓뭉개져 있었다. 이토록 심한 부상을 입고도 여기까지 왔다는 사실로 보아, 기운이 무척 세고 체력이 강한 사람 같았다. 신발은 신고 있었지만 양말은 신고 있지 않았다. 벌어져 있는 코트 앞자락 사이로 안에 입고 있는 잠옷이 보였다. 죽은 남자는 독일어 선생인 하이데거인 것이 분명했다.

와일더의 수상한 행동

홈스는 조심스럽게 시체를 눕힌 다음 신중하면서도 꼼꼼하게 살폈다. 그러고는 한동안 깊은 생각에 잠겼다. 홈스가 이렇게 이마에 주름을 모으고 무슨 생각에 잠기는 것은, 일의 실마리가 잘 풀리지 않을 때 하는 습관이었다.

"뭘 해야 할지 모르겠네, 왓슨."

한동안 말이 없던 홈스가 마침내 입을 열었다.

"조금씩 어려워지는군. 이 늪지를 좀 더 조사해 봐야 되겠지만, 지금까지 쓸데없는 데 시간을 너무 많이 낭비했기 때문에 여기에서 이렇게 우물쭈물하고 있을 겨를이 없어. 일단 이 사실을 경찰에 신고해야 하지 않겠나. 이 불쌍한 선생에 관해 경찰이 조사하도록 말일세."

"내가 다녀오겠네."

"아냐, 자네는 여기에서 나를 도와주어야 하네. 잠깐, 저기 이탄(완전히 탄화하지 못한 석탄의 일종)을 캐고 있는 남자가 있 군. 그 사람을 이리 데려와서 경찰에 알리라고 부탁해 보자 고……."

내가 이탄을 캐고 있던 남자를 데려오자, 홈스는 편지를 쓴 다음 시체를 보고 겁에 질린 남자에게 들려서 헉스터블 박사한 테 보냈다.

"자, 왓슨. 오늘 아침 우리는 두 가지 단서를 잡았네. 하나는 팔머 타이어 자전거일세. 그 자전거 주인이 어떤 일을 당했는지 도 보았지. 두 번째 단서는 던롭 타이어 자전거일세. 그것을 조 사하기 전에 우리가 알고 있는 사실을 다시 한 번 되새겨 보세. 필요 없는 사실은 버리고, 중요한 사실만 골라내야 하니까 말이 야."

홈스는 계속 자신의 생각을 이어 나갔다.

"우선, 샐타이어는 누구에게 유괴당한 것이 아니라 제 발로 창문으로 빠져나간 것이 분명하네."

나는 홈스의 말에 동의했다.

"그렇다면, 다음에는 저 불쌍한 독일어 선생에 대해 살펴보 도록 하세. 소년은 학교를 빠져나올 때 옷을 완전히 갖춰 입은 상태였네. 그 말은, 소년은 자기가 무슨 일을 하는지 잘 알고 있었다는 뜻이지. 하지만 하이데거 선생은 양말도 신지 않고 나왔네. 매우 서두른 것이 확실하네."

"나도 그렇게 생각하네."

"왜 그랬을까? 선생은 자기 방 창문을 통해 샐타이어가 빠져나가는 것을 발견했을 걸세. 선생은 소년을 데려오려고 했겠지. 자전거를 타고 소년을 뒤쫓아 가다가 죽음을 당한 것이 확실해 보여."

"그런 것 같군."

"그럼, 이제 내 얘기 중에서 가장 중요한 사실을 설명하겠네. 어린 소년을 쫓아가려는 남자라면 당연히 그냥 뒤따라 달려갔을 거야. 어른이 뛰면 소년의 걸음쯤이야 곧 따라잡을 수 있을 테니까. 하지만 하이데거 선생은 자전거를 아주 잘 타는 사람이라고 했네. 소년이 뭔가 아주 빠른 것을 타고 가는 모습을 보았기 때문에 하이데거 선생도 자전거를 타고 따라가지 않았겠나."

"샐타이어가 자전거를 타고 간 것이로군."

"생각해 보게. 하이데거 선생은 학교에서 8킬로미터 정도 떨어진 곳에서 죽음을 당했어. 게다가 그 선생은 힘이 센 사람에게 얻어맞아 죽었지. 소년은 분명 아무것도 안 가지고 나갔을 가능성이 커. 그런데 하이데거 선생은 흉기에 머리를 맞고 죽었네. 그렇다면 소년은 혼자가 아니라 누군가와 같이 있었다는 뜻이 아닌가. 그리고 하이데거 선생이 소년을 따라잡기까지 8킬로미터나 걸렸다는 사실은 소년이 그만큼 빨리 움직였다는 뜻일 게야.

그런데 우리는 사건 현장을 모두 살펴보지 않았나? 뭘 발견했지? 소 발자국 외에는 아무것도 없지 않았는가. 주위를 둘러보았지만 50미터 이내에는 길조차 없었네. 던롭 자전거를 탄 사람은 그 살인 사건과 전혀 관련이 없을 수 있다는 얘기야. 근처에 사람 발자국은 하나도 없었으니까."

"홈스, 그런 일은 있을 수 없네!"

내가 소리쳤다.

"자네 말이 맞네."

홈스가 대답했다.

"바로 그 점이지. 아무도 없는데 사람이 죽어 있다니⋯⋯, 그건 불가능한 일이네. 따라서 앞서 내가 얘기한 내용 중에는 뭔가 허점이 있다는 뜻이네. 한번 생각해 보게. 어떤 점이 잘못된 것일까?"

"하이데거 선생이 자전거에서 떨어져 머리에 상처를 입은 것⋯⋯?"

"푹신푹신한 늪지대에 떨어져 머리뼈가 부서질 만큼 심하게

다칠 수 있다고 생각하나, 왓슨?"

"잘 모르겠네. 아무리 생각해도 내 머리로는 알 재간이 없네."

"쯧쯧, 이보다 더 어려운 문제도 풀지 않았나. 우리가 알고 있는 사실들은 적은 편이 아니니, 이를 잘 이용만 하면 된다네. 자, 팔머 타이어는 조사했으니 이제 덮개로 덧댄 던롭 타이어에 관해 생각해 보세."

우리는 던롭 자전거 바퀴 자국을 따라 좀 더 앞으로 나아갔다. 그런데 히스로 무성히 뒤덮인 오르막길이 나오면서 늪지대는 끝이 났고, 바퀴 자국을 더는 발견할 수 없었다. 자전거 바퀴 자국은 홀더네스 저택 방향을 향한 채로 끝나 있었다.

왼쪽을 보니 몇 미터 앞에 공작의 저택에 세워진 높은 탑이 보였다. 그리고 그 앞의 체스터필드 거리 쪽으로 나지막한 회색 집 한 채가 보였다.

우리는 그 낡고 지저분한 농가로 다가갔다. 문 위에 싸움닭 간판이 걸려 있는 여관이었다. 홈스가 갑자기 신음 소리를 내면서 비틀거리더니 내 어깨를 움켜잡았다. 발목을 삐끗해서 걸을 수 없다는 것이었다. 홈스는 절룩거리면서 힘겹게 여관으로 들어갔다.

문간에는 햇볕에 검게 그을린 나이 든 남자가 검은 사기 파이프로 담배를 피우면서 쪼그리고 앉아 있었다.

"안녕하십니까, 루빈 헤이즈 씨?"

홈스가 말을 건넸다.

"당신은 누군데, 내 이름을 압니까?"

남자가 적이 의심스럽다는 눈초리로 우리를 쳐다보았다. 눈빛이 몹시 교활해 보였다.

"아, 간판에 쓰인 이름이 주인 이름 아닌가요? 그 정도야 쉽게 알 수 있는 것 아니겠습니까? 헤이즈 씨, 혹시 여관에서 마차를 빌릴 수 있습니까?"

"아뇨, 마차는 없습니다."

"발목을 삐어서 발을 디딜 수가 없어서 그럽니다."

"그렇다면 발을 땅에 딛지 않으면 될 것 아니오?"

"그러면 걸을 수가 없지요."

"그럼, 한쪽 다리로 껑충껑충 뛰구려."

여관 주인의 태도는 몹시 퉁명스럽고 쌀쌀맞았다. 그러나 홈스는 놀랄 정도로 유쾌한 웃음을 잃지 않으며 이렇게 말했다.

"이것 보세요, 헤이즈 씨. 워낙 불편해서 어쩔 수 없는 상태입니다. 탈것이라면 뭐든 괜찮습니다."

"나는 당신이 어찌되건 관심이 없소."

여관 주인이 매정하게 대꾸했다.

"아주 중요한 일입니다. 자전거를 빌려 주시면 1파운드를 드리겠습니다."

1파운드라는 말에, 여관 주인의 마음이 흔들리는 것 같았다.

"어디까지 갈 생각인데요?"

"홀더네스 저택까지 갈 것입니다."

"공작님과는 잘 아는 사이신가요?"

여관 주인은 진흙이 잔뜩 묻어서 지저분한 우리의 옷을 아래위로 훑어보며 물었다.

"공작님께서는 우릴 보면 무척 반가워하실 겁니다."

홈스가 넉살 좋게 웃으며 대답했다.

"어째서요?"

"아드님이 있는 곳을 알아냈으니까요."

그 말에, 여관 주인이 움찔하는 것 같았다.

"뭐라고요? 도련님이 있는 곳을 알아냈단 말이오?"

"그렇습니다. 리버풀에 있다는 연락을 받았습니다."

그 순간, 수염이 제멋대로 자란 여관 주인의 얼굴에 안도의 빛이 스쳐 지나가면서, 태도가 갑자기 상냥해졌다.

"나에겐 공작님이 그다지 고마운 분이 아니오. 예전에 나는 공작님의 저택에서 마부로 일했다오. 그런데 공작님은 간사한 잡곡상의 거짓말을 듣고는 한마디 말도 없이 나를 쫓아냈소. 그

래도 도련님이 리버풀에 있다는 소식을 들으니 기쁘군요. 공작
님께 그 소식을 속히 전해 드릴 수 있도록 탈것을 빌려 주겠소."

"고맙습니다."

홈스가 대답했다.

"그런데……, 그보다 먼저 식사를 해야겠습니다. 그 뒤에 자
전거를 빌려 주십시오."

"죄송합니다만, 우리 집에는 자전거가 없어요."

홈스가 1파운드짜리 금화를 꺼내 보였다.

"정말이오, 선생. 자전거는 없소. 대신에 말 두 필을 빌려 드
리면 어떨까요?"

"뭐, 정 그러시다면……. 일단 식사를 하고 나서 얘기합시
다."

우리는 바닥에 돌이 깔린 부엌으로 가서 식사를 했다. 홈스와
나, 단 두 명만 남게 되자 놀랍게도 홈스의 삔 발목은 언제 그랬
냐는 듯 멀쩡해졌다.

아침부터 아무것도 먹지 못한 우리는 서둘러서 식사를 했다.
식사 후에 홈스는 깊은 생각에 잠겨 있었고, 한두 번 창가로 가
서 뚫어져라 밖을 내다보았다.

창문 밖으로는 지저분한 앞마당이 있었고, 마당 한쪽 구석에
있는 대장간에서 한 젊은이가 일을 하고 있었다. 마당 반대쪽

구석에는 마구간이 있었다.

홈스는 한동안 창밖을 내다보다가 자리로 돌아와 앉았다. 그러다가 갑자기 벌떡 일어나더니 탄성을 질렀다.

"세상에, 왓슨. 드디어 알았어. 드디어 알아냈다고. 그랬던 거야, 왓슨. 오늘 소 발자국 봤던 거 기억하나?"

"음, 몇 개 봤지."

"어디서?"

"황무지 전체에 군데군데 흩어져 있지 않았나? 늪지에도 있었고, 길가에도, 그리고 그 불쌍한 하이데거 선생이 죽음을 당한 장소에도 있지 않았나?"

"맞아, 그랬다네. 그렇다면 왓슨, 황무지에서 소를 본 기억이 나나?"

"아니, 본 기억이 없는데."

"그게 좀 이상하지 않나, 왓슨? 따라다닌 바퀴 자국마다 모두 소 발자국이 나 있었는데, 정작 소는 한 마리도 보지 못했다는 것이……, 정말 이상하지 않나?"

"그렇군. 자네 말을 듣고 보니 정말 이상하군."

"자, 이제 기억을 더듬어서 아까 봤던 것을 머릿속에 떠올려 보게. 길 위에 나 있던 자국이 그려지나?"

"응, 그려지네."

"그럼, 그 소 발자국이 이런 모양으로 찍혀 있었던 것도 기억나나?"

홈스는 빵 부스러기를 늘어놓으며 발자국 모양을 그려 보였다.

"난 잘 기억나지 않는데……."

"난 확실하게 기억하네. 분명히 그랬어. 맹세해도 좋아. 나중에 시간 내서 다시 한 번 가 보세. 그때는 이것이 무엇인지 몰랐기 때문에 뭐라고 말을 하지 못했던 거야."

"그럼, 그 소 발자국이 무슨 의미가 있다는 말인가?"

"그 소는 말처럼 걷기도 하고, 천천히 걷거나 아니면 발 네 개를 한꺼번에 들 정도로 빨리 뛰는 이상한 소라네. 그러니까 그건 소 발자국이 아니라, 바로 말이라는 얘기일세. 그런데 시골 여관 주인 머리로 이런 눈속임을 생각해 낼 수 있을까? 마당이 조용한 걸 보니, 아무도 없는 모양이군. 대장간에 있는 젊은이 외엔 아무도 보이지 않아. 살짝 나가서 조사해 볼까."

무너져 가는 마구간에는 손질을 하지 않아 털이 헝클어진 말 두 마리가 있었다. 홈스는 그중 한 마리의 뒷발을 들고 발굽을 들여다보더니 소리 내어 웃었다.

"헌 편자를 박았군. 그런데 편자는 헌것인데, 못은 새것이야. 이거 사건이 점점 재미있어지는군. 마당 건너편에 있는 대장간으로 가 보세."

대장간에 있는 젊은이는 우리가 가까이 다가온 줄도 모르고 자신의 일에 몰두해 있었다. 홈스의 날카로운 눈이 쌓여 있는 쇠붙이 더미들을 재빨리 훑어보았다. 바닥에는 나무 조각들이 여기저기 어지럽게 흩어져 있었다.

그때 갑자기 우리 뒤에서 발소리가 들렸다. 뒤를 돌아보니, 여관 주인이 두 눈을 부릅뜨며 우리를 노려보고 있었다. 검붉은 얼굴이 화가 난 듯 몹시 씰룩거렸다. 주인은 손에 짧은 쇠막대를 들고 있었다. 표정이 어찌나 험상궂던지, 나는 주머니에 있는 리볼버 권총을 슬그머니 손에 쥐었다.

"여기서 뭘 하고 있는 거요?"

주인이 마구 소리를 질렀다.

"아, 헤이즈 씨."

홈스가 차분하게 대답했다.

"대장간에 우리가 보면 안 되는 물건이라도 있나 보군요."

홈스의 대꾸에 주인은 애써 마음을 가라앉히고 억지웃음을 웃었다. 그러나 일그러진 입술이 더욱 험상궂어 보였다.

"대장간에 있는 물건들이야 별것 있겠소. 하지만 나는 허락 없이 누가 내 집에서 돌아다니는 것을 좋아하지 않소. 어서 밥값이나 계산하고 여기서 나가 주셨으면 좋겠소."

"알겠습니다. 헤이즈 씨, 나쁜 뜻은 없었습니다. 타고 갈 말을 살펴봤을 뿐입니다. 하지만 이제는 걸어가도 될 것 같습니다. 발도 좀 괜찮아진 데다 별로 멀지도 않으니까요."

"공작님의 저택까지는 3킬로미터도 안 됩니다. 왼쪽으로 가면 더 빨리 갈 수 있소."

여관 주인은 무뚝뚝한 표정으로 홈스와 내가 여관을 나갈 때까지 지켜보고 있었다.

그러나 우리는 그다지 멀리 가지 못했다. 여관 주인의 시야에서 벗어난 커브 길에 오자, 홈스가 발걸음을 멈췄기 때문이다.

"왠지 섭섭한 기분이 들지 않나, 왓슨. 마치 고향을 떠나는 것처럼 말이야. 여관에서 멀어질수록 왠지 사건의 실마리도 멀어져 가는 기분이 드는군. 그냥 이렇게 갈 수는 없지. 암, 없고말고."

"나도 같은 생각이네. 저 여관 주인이 뭔가 알고 있는 것 같아. 인상도 고약하고 말이야."

내가 말했다.

"자네 역시 그런 느낌을 받았군. 이쪽은 마구간, 저쪽은 대장간이라……. 이 싸움닭 여관은 참으로 재미난 장소군. 들키지 않도록 다시 여관 쪽으로 가 보세."

길 뒤로 뻗어 있는 낮은 언덕에는 회색 석회암이 드문드문 섞여 있었다. 우리는 길에서 벗어나 언덕 위로 올라갔다. 싸움닭 여관 쪽으로 돌아가고 있는데, 뒤에서 무슨 소리가 들렸다. 고개를 돌려 보니 홀더네스 저택 쪽에서 자전거를 탄 사람이 이쪽으로 급하게 달려오고 있었다.

"왓슨, 빨리 엎드려!"

홈스가 급히 내 어깨를 움켜잡고 세게 눌렀다. 몸을 숙이자마자 자전거가 우리를 아슬아슬하게 스쳐 지나갔다. 자전거가 지나간 뒤 뿌옇게 피어오른 흙먼지 사이로 흐릿하게 남자의 얼굴이 보였다. 창백한 얼굴에는 초조함이 깃들어 있었지만, 정면을 응시하고 있는 눈초리만은 매서웠다. 왠지 공포에 질린 듯한 남자의 표정이 우스꽝스러운 만화의 한 장면처럼 여겨졌다. 자전거에 탄 남자는 어젯밤에 만났던 공작의 비서인 제임스 와일더였다.

"공작님의 비서로군. 왓슨, 저 사람을 빨리 따라가서 살펴봐야 해."

홈스가 외쳤다.

우리는 이 바위에서 저 바위로 몸을 숨겨 가며 여관 앞마당이 보이는 곳까지 다가갔다. 와일더 비서의 자전거가 벽에 기대어져 있었다. 여관에서는 사람 기척이 느껴지지 않았다. 방 안에는 아무도 없는 듯 창가를 지나치는 사람의 모습조차 보이지 않았다.

차츰 땅거미가 내려앉기 시작했다. 홀더네스 저택에 있는 탑 뒤로 해가 저물어 갔다. 그때 어둑어둑한 마당 한쪽에서 마차의 램프가 켜진 듯한 불빛이 보였다. 말발굽 소리가 들리더니, 마차는 체스터필드를 향해 무서운 속도로 달려갔다.

"어떻게 생각하나, 왓슨?"

홈스가 휘파람을 불며 물었다.

"도망치는 것 같군."

"마차 안에는 남자 한 명이 탄 것 같은데, 비서인 제임스 와일더는 아니네. 와일더는 저기 여관 문 앞에 저렇게 서 있으니까 말이야."

어둠 속에서 문이 열렸고, 집 안에서 새어 나오는 붉은 빛이 마당에 어른거렸다. 빛 한가운데에 비서의 검은 그림자가 서 있었다. 그는 목을 길게 빼고 캄캄한 어둠 속 어딘가를 보고 있었다. 누군가를 기다리고 있는 듯했다.

이윽고 발자국 소리가 들렸는데, 예상했던 대로 한 사람의 그림자가 보이는가 싶더니 재빨리 안으로 들어가 버렸다. 다시 마당은 어둠 속에 파묻혔다. 5분 뒤, 2층의 한 방에 불이 켜졌다.

"이 여관은 이상한 방법으로 손님을 맞이하는군. 그건 그렇고 와일더 비서가 만나러 온 사람은 누구일까? 사건을 해결하려면 이것을 꼭 알아내야 하는데……."

홈스가 말했다.

"바는 반대쪽에 있어."

홈스와 나는 조심스럽게 언덕에서 내려가 길을 가로질러 여관 문을 향해 살금살금 다가갔다. 와일더의 자전거는 여전히 벽에 기대어져 있는 상태였다.

홈스는 성냥불을 켜고 자전거 뒷바퀴를 조사했다. 홈스가 소리 죽여 조용히 웃었다. 자전거 타이어는 다름 아닌 던롭 제품이었다.

자전거 위의 창문에서 불빛이 새어 나오는 것을 바라보며 홈스가 말했다.

"창문 안을 들여다봐야겠어. 왓슨, 엎드려서 등을 대 주겠나? 디디고 올라가서라도 꼭 봐야겠네."

몇 초 뒤, 홈스는 내 등 위로 올라가는가 싶더니 곧 다시 내려왔다.

"왓슨, 이제 됐네. 오늘 할 일은 거의 끝난 듯싶군. 모을 수 있는 단서는 모두 모은 것 같아. 학교까지 돌아가려면 갈 길이 머니, 서둘러서 출발하세."

우리가 황무지를 가로질러 프라이어리 학교까지 돌아가는 동안 홈스는 단 한 번도 입을 열지 않았다. 학교에 도착한 뒤에도 홈스는 안으로 들어가지 않고 전보를 치러 가겠다며 맥클턴

역 쪽으로 갔다.

그날 밤, 늦은 시간에 헉스터블 박사는 하이데거 선생의 비참한 죽음을 알리는 소식을 들었고, 홈스가 박사를 위로했다. 그리고 얼마 뒤 홈스가 다시 내 방으로 들어왔다. 늦은 시간이었는데도 아침에 출발할 때처럼 여전히 기운차고 생기 있는 모습이었다.

"일이 잘 풀리고 있네, 왓슨. 내일 저녁 전까지 사건이 모두 해결될 걸세. 내가 장담하겠네."

홈스가 여유 있는 태도로 말했다.

뜻밖의 범인

다음 날 아침 11시, 홈스와 나는 홀더네스 저택의 아름다운 정원을 지나 웅장한 현관으로 향하고 있었다. 집사는 우리를 공작의 서재로 안내했다. 서재로 들어가니 공작의 비서인 제임스 와일더가 정중한 태도로 우리를 맞이해 주었다. 그러나 와일더 비서는 어젯밤 외출의 여파인지 눈빛이 몹시 불안해 보였고, 표정 또한 무척 굳어 있었다.

"지금 공작님께서는 몹시 편찮으십니다. 헉스터블 박사가 보낸 전보를 어제 오후에 받으셨습니다. 어제 홈스 선생이 발견하신 끔찍한 사건 소식에 충격을 받으신 것 같습니다."

그러나 홈스는 엄숙한 말투로 말했다.

"와일더 씨, 공작님을 꼭 만나 뵈어야 합니다."

"공작님께서는 지금 침실에 계십니다."

"그럼, 침실로 가서 뵙겠습니다."

"아직 자리에서 일어나지 않으셨을 겁니다."

"상관없습니다. 누워 계시더라도 꼭 만나 뵙고 싶습니다."

홈스의 냉정하고 끈질긴 태도에, 비서인 와일더도 더 말려 봐야 소용없는 일이라고 판단한 모양이었다.

"좋습니다, 홈스 씨. 공작님께 홈스 씨가 와 있다고 말씀드리겠습니다."

30분 정도가 지나자, 홀더네스 공작이 모습을 드러냈다. 얼굴은 그 어느 때보다 창백했고, 어깨가 구부정한 것이 어제 만났던 그 당당한 공작과는 전혀 다른 사람인 것처럼 느껴졌다.

공작은 정중하게 인사를 하고는 책상 뒤 의자에 앉았다. 공작의 붉은 수염이 책상 위로 흘러내렸다.

"그래, 무슨 일이오? 홈스 씨."

공작이 입을 열었다.

그러나 홈스는 공작의 옆에 서 있는 와일더 비서를 바라보며 말했다.

"공작님, 와일더 비서가 없는 편이 말씀드리기에 편할 것 같습니다."

그 순간, 와일더의 얼굴에서 핏기가 완전히 사라졌다. 그는 홈스를 노려보듯이 힐끗 쳐다보며 말했다.

"공작님께서 원하시는 대로 하겠습니다."

"좋아. 그래, 자네는 잠시 나가 있게. 자, 홈스 씨. 이제 됐소? 무슨 말이든 편하게 해 보시오."

홈스는 와일더 비서가 나가고 서재 문이 닫힐 때까지 기다렸다가 입을 열었다.

"사실은 말입니다, 공작님."

홈스는 심호흡을 하며 이야기를 시작했다.

"저와 제 친구 왓슨 의사가 헉스터블 박사에게 듣기로는, 이번 사건에 보상금을 거셨다고 하던데요. 그것에 대해서 공작님에게 직접 듣고 싶습니다."

"맞소. 그건 사실이오, 홈스 씨."

"아드님이 있는 곳을 알려 주는 사람에게는 5천 파운드를 주겠다고 하신 것도 맞습니까?"

"그렇소."

"그리고 누가 아드님을 데리고 있는지를 알려 주는 사람에게

1천 파운드를 추가로 준다고 하신 것도 맞습니까?"

"맞소."

"그렇다면 아드님을 납치한 사람이나 지금 아드님을 데리고 있는 사람을 알려 드리면 1천 파운드를 주겠다는 말씀이시지요?"

공작이 초조한 표정으로 대답했다.

"그렇소, 그래요. 홈스 씨, 이 일만 잘 해결한다면 후하게 보상하겠소. 결코 섭섭하다고 느끼진 않을 거요."

홈스는 앙상한 손바닥을 마주 비볐다. 홈스의 검소한 성품을 아는 나로서는, 이처럼 돈에 연연하는 홈스의 모습을 본 적이 없었기 때문에 적잖게 놀랐다.

홈스가 말했다.

"책상 위에 놓인 것이 공작님의 수표책인 것 같군요. 지금 6천 파운드짜리 수표를 끊어 주시면 고맙겠습니다. 지급 보증 수표로 써 주십시오. 제 거래 은행은 캐피털 카운티스 은행, 옥스퍼드 지점입니다."

공작은 무뚝뚝하게 앉아 있다가 벌떡 일어서면서 차가운 눈으로 홈스를 바라보았다.

"홈스 씨, 지금 나한테 농담하는 거요? 이것은 가볍게 생각할 그런 문제가 아니지 않소!"

"농담이 아닙니다, 공작님. 저는 농담 같은 것은 하지 않는 사람입니다."

"그러면 도대체 무슨 뜻으로 이러는 거요?"

"보상금을 받고 싶어서 드리는 말씀입니다. 저는 아드님이 어디 있는지, 그리고 최소한 누가 붙잡고 있는지를 알고 있습니다."

이 말을 들은 공작의 얼굴이 하얗게 변했고, 붉은 수염이 한층 더 붉게 보였다.

"어디 있소?"

공작이 숨을 가쁘게 몰아쉬며 물었다.

"아드님은, 적어도 어젯밤에는 여기서 3킬로미터 정도 떨어진 싸움닭 여관에 있었습니다."

공작은 무너지듯 의자에 털썩 주저앉았다.

"그럼, 범인이 누구요?"

홈스는 전혀 뜻밖의 대답을 했다. 홈스는 빠른 걸음으로 공작에게 다가가 어깨에 손을 얹었다.

"바로 당신입니다. 공작님, 이제 수표를 써 주십시오."

공작은 자리에서 벌떡 일어나더니, 마치 깊디깊은 심연 속으로 빠져든 듯 두 손으로 책상을 움켜쥐었다. 그러나 곧 귀족다운 자제력을 발휘하여 다시 자리에 앉았고, 얼굴을 두 손으로 감싼 채 고개를 수그렸다.

잠시 시간이 흐른 뒤, 공작이 말문을 열었다.

"어디까지 알고 있소?"

여전히 고개를 숙인 채 공작이 물었다.

"어젯밤에 싸움닭 여관에서 공작님을 보았습니다."

"왓슨 의사 말고 또 누가 알고 있소?"

"아무에게도 이야기하지 않았습니다."

공작은 떨리는 손으로 펜을 집더니, 수표책을 펼쳤다.

"나는 내가 한 약속은 지키는 사람이오, 홈스 씨. 지금 수표를 써 주겠소. 하지만 당신이 한 말이 내게 조금도 도움이 되지 않는다는 것을 당신도 잘 알 것이오. 맨 처음 보상금을 주겠다고 제안했을 때는 일이 이렇게까지 될 줄은 상상도 못했소. 내가 홈스 당신과 친구인 왓슨 선생을 믿어도 되겠소?"

"무슨 말씀인지 이해가 되지 않습니다."

"간단히 말하겠소, 홈스 씨. 이번 일이 더는 다른 사람들에게 알려지길 바라지 않는다는 뜻이오. 여기 1만 2천 파운드짜리 수표요. 이것으로 이 일을 마무리 짓고 싶소."

홈스가 빙긋이 웃으면서 고개를 설레설레 흔들었다.

"죄송합니다만, 공작님. 이런 문제는 그렇게 쉽게 해결되는 것이 아닙니다. 학교 선생 한 명이 죽었지 않습니까? 설명이 필요합니다."

"와일더는 그 일과 상관이 없소. 그에게 책임을 물을 일이 아니오. 와일더가 사람을 잘못 고용하는 바람에 우발적으로 생긴 일이오. 선생을 죽인 사람은 불량배였소."

"하지만 공작님, 범죄를 계획한 사람은 그로 인해 발생하는 사태에 대해서도 도덕적인 책임을 져야 합니다."

"도덕적으로 말이오? 홈스 씨, 당신 말이 맞소. 하지만 법적으로는 그렇지 않소. 살인 현장에 있지도 않은 사람이 살인죄를 뒤집어쓸 수는 없는 일이오. 게다가 와일더도 당신과 마찬가지로 살인은 생각지도 못 하는 사람이오. 하이데거 선생이 죽은 채로 발견되었다는 소식을 듣자마자 와일더가 내게 모든 것을 털어놓았소. 그는 공포와 후회로 제정신이 아니오. 그리고 살인자와는 그 즉시 모든 관계를 끊었소. 홈스 씨, 제발 부탁이오. 와일더를 구할 방법이 없겠소? 제발 와일더를 구해 주시오."

공작은 자신의 신분을 완전히 잊은 듯, 꽉 움켜쥔 주먹을 마구 휘두르며 방 안을 이리저리 돌아다녔다. 잠시 뒤 그는 마음을 가라앉히고 다시 자리로 돌아와 앉았다.

"당신이 아무에게도 말하지 않고, 먼저 나를 찾아와 줘서 고맙소. 이 끔찍한 사건이 세상에 알려지지 않고 마무리될 수 있는 방법을 찾아봅시다."

"공작님, 문제를 최소화하려면 우선 모든 것을 허심탄회하게 사실대로 말씀해 주셔야 합니다. 저는 최선을 다해 공작님을 도와 드릴 것이지만, 그러기 위해서는 그간의 사정을 알아야만 합니다. 비서인 제임스 와일더 씨가 하이데거 선생을 죽이지 않았다는 사실을 이해할 수 있도록 말입니다."

"와일더는 아니오. 진짜 범인은 이미 도망가 버렸소."

홈스가 차갑게 미소 지으며 말했다.

"공작님은 저에 대해서 전혀 모르고 계신 것 같군요. 제 명성을 들으셨다면 저에게서 쉽게 빠져나갈 수 있으리라고는 생각하지 않으실 텐데요. 루빈 헤이즈가 체스터필드에서 어젯밤 체포당했습니다. 저에게 연락을 받은 경찰들에 의해 어젯밤 열한 시 정각에 말입니다. 오늘 아침, 학교에서 출발하기 전에 경찰서장에게서 헤이즈가 체포되었다는 전보를 받았습니다."

공작은 의자에 등을 기대며, 놀라움에 찬 눈으로 홈스를 바라보았다.

"홈스 씨에게는 인간의 한계를 벗어난 능력이 있군요. 루빈 헤이즈가 체포되었단 말입니까? 잘된 일이지만, 이 일로 와일더의 신변에 불행한 일이 일어나지 않으면 좋겠소."

"공작님의 비서 말씀이십니까?"

"홈스 씨. 사실……, 와일더는 비서가 아니라 내 아들이오."

공작의 말에, 이번에는 홈스가 충격을 받은 듯했다.

밝혀진 진상

"그건 전혀 예상하지 못한 일이군요. 공작님, 좀 더 자세히 설명해 주십시오."

"이제 와서 무얼 더 숨기겠소? 사실대로 말하리다. 매우 고통스러운 일이긴 하지만, 이 비참한 사건은 모두 와일더의 질투에서 비롯되었소. 내가 한창 혈기 왕성하던 젊은 시절에, 일생에 한 번 찾아올까 말까 한 사랑에 빠진 적이 있었소. 나는 그 여자에게 청혼을 했지만, 그 여자는 신분의 차이를 이유로 나의 청혼을 거절했소. 자기처럼 비천한 여자와 결혼하면 내 지위에 흠집이 간다면서 말이오.

할 수 없이 나는 집을 나와서 그 여자와 함께 숨어 버렸지요. 아무리 상황이 어려워도 그녀가 살아 있었다면, 이런 일은 일어나지 않았을 거요. 그 여자는 아기를 낳은 다음 바로 죽었소. 그 애가 바로 제임스 와일더요. 그녀에 대한 사랑 때문에 나는 그 아이를 누구보다도 아끼며 보살폈소. 비록 내가 그 아이의 아버지라고 세상에 밝히지는 못했지만, 좋은 학교에 보내 주었고,

대학을 졸업한 뒤에는 곁에 가까이 두고 싶어서 비서로 채용한 것이오.

그런데 어느 날 이 사실을 알게 된 와일더가 세상에 비밀을 폭로하겠다면서 나를 협박하기 시작했소. 와일더의 존재가 세상에 드러나면, 내 결혼 생활이 불행한 까닭이 숨겨진 사생아 때문이라고 사람들이 떠들어 댈 것이 너무나 두렵고 싫었소.

그런데 무엇보다도……, 와일더는 내 후계자인 샐타이어를 몹시 미워했소. 사람들은 그런 상황에서 왜 와일더를 한집에 두고 계속 살았느냐고 물어보겠지만, 그 이유는 와일더의 얼굴을 보면 내가 사랑했던 그녀의 얼굴이 떠올랐기 때문이오. 내가 사랑했던 여자의 모습을 와일더의 일거수일투족에서 찾을 수 있었기 때문에, 그렇게 협박을 당하면서도 내보낼 수가 없었던 것이오.

하지만 나는 와일더가 샐타이어를 해칠까 봐 두려웠소. 그래서 샐타이어의 안전을 위해 헉스터블 박사의 학교에 입학시켰던 것이오.

와일더는 한때 우리 집 마부로 있던 헤이즈란 놈과 일을 꾸몄소. 헤이즈는 질이 좋지 않은 사람이었지만, 무슨 이유에서인지 와일더는 헤이즈와 친하게 지내더군요. 와일더에게는 좋은 친구를 알아보는 안목이 없었소. 와일더가 샐타이어를 유괴하겠다고 결심하자, 헤이즈가 그 일을 적극적으로 도운 것이오.

내가 샐타이어에게 편지를 보냈던 것을 기억하오? 와일더가 내 편지를 뜯고는 그 속에 샐타이어에게 학교 뒤에 있는 래기드 쇼 덤불숲에서 만나자고 쓴 쪽지를 넣었던 것이오. 프랑스에 있는 내 아내의 이름으로 말이오. 샐타이어는 그 편지를 보고, 정말 자기 어머니가 보낸 것이라고 믿고서 학교에서 몰래 빠져나왔던 것이지요.

그날 밤 와일더는 자전거를 타고 샐타이어를 숲에서 만난 다음, 어머니가 보고 싶어 한다고, 지금 황무지에서 기다리고 있다고 말했던 것이오. 이건 와일더가 내게 털어놓은 그대로를 말하는 거요. 그리고 그날 밤 자정에 다시 숲으로 와서 말을 탄 남자를 만나면, 그 남자가 어머니에게 데려다 줄 것이라고 샐타이어를 속인 거요. 샐타이어는 그만 이 말에 속아 넘어가고 말았소. 약속한 시간에 숲으로 오니, 헤이즈가 조랑말 한 마리를 타고 기다리고 있었던 거지요. 헤이즈는 샐타이어를 말에 태우고 도망을 간 것이오.

조금 뒤에 헤이즈는 누군가가 자신을 쫓고 있다는 사실을 알았지. 그렇지만 와일더는 그 사실을 어제서야 알았소. 헤이즈가 쇠막대로 뒤쫓아 온 그 선생의 머리를 때렸고, 심한 부상을 입은 선생은 결국 죽고 말았다는 사실을 말이오.

헤이즈는 샐타이어를 여관으로 데리고 가서 이층 방에 가두고 자기 아내더러 돌보라고 시켰소. 헤이즈의 아내는 착한 사람이었지만, 무서운 남편의 명령에는 꼼짝을 못하는 사람이라오.

홈스 씨, 당신은 와일더가 무슨 이유로 그런 짓을 했느냐고 물어보고 싶을 거요. 와일더는 내가 상상도 하지 못할 정도로 샐타이어를 미워하고 있었소. 와일더의 입장에서는 자기가 내 후계자가 되어 재산을 물려받는 게 마땅한데, 법적으로 자신은 전혀 자격이 없다는 사실에 매우 분노했던 것이오.

와일더에게는 깊이 숨겨진 동기가 또 하나 있소. 와일더는 내가 후계자 자리를 자신에게 물려주길 간절히 바랐다오. 내가 마음만 먹으면 그렇게 할 수 있다고 생각했던 것 같소. 그래서 와일더는 나와 협상을 할 생각이었소. 만약 내가 와일더에게 후계자 자리를 물려준다는 유언장을 작성하면 샐타이어를 돌려보내겠다고 말이오.

그는 내가 섣불리 경찰에 신고하지 못하리라는 사실을 잘 알고 있었소. 와일더는 분명 협상을 하자고 내게 제의했을 거요. 하지만 그 협상이 시작되기도 전에 사건이 벌어진 것이지요. 와일더는 그 사건 때문에 협상 같은 것은 까맣게 잊어버리고 말았소.

와일더의 음모가 뒤틀리기 시작한 것은, 홈스 당신이 어제 하이데거 선생의 시체를 발견하고부터요. 소식을 들은 와일더는 두려움에 사로잡히고 말았소. 어제 나와 와일더가 서재에 있을 때 헉스터블 박사가 보낸 전보가 도착했던 거요. 전보를 읽은 와일더는 공포와 후회에 휩싸였고, 혹시나 했던 나의 의심은 와일더가 당황하는 모습을 보고 즉시 확신으로 바뀌었소. 와일더를 추궁하자, 그 애는 자진해서 모든 사실을 털어놓았소. 그리고 3일 동안만 말미를 달라고 애원했소. 공범인 헤이즈에게도 빠져나갈 구멍을 만들어 주려고 했던 것이오.

늘 그랬던 것처럼, 나는 그 애의 간곡한 애원을 외면할 수 없었소. 그리고 와일더는 곧 그 싸움닭 여관으로 가서 헤이즈에게 마차를 타고 도망치라고 말했던 거요.

나는 샐타이어의 안부가 너무나 걱정되고 보고 싶었지만, 도저히 낮에는 그곳에 갈 수가 없었소. 그래서 날이 저물자마자 그 여관으로 가서 샐타이어를 만났소. 샐타이어는 몸 하나 상한 데 없이 무사했지만, 끔찍한 일을 보고 겪은 탓에 완전히 겁에 질려 떨고 있었소. 결국 나는 헤이즈 부인이 돌본다는 조건으로 3일 동안만 아들을 여관에 그대로 두는 데 동의했소. 이미 약속한 것이 있어서 어쩔 수가 없는 상황이었소.

경찰이 샐타이어가 있던 곳을 알게 되면 살인자가 누군지 드러나게 될 테고, 그러면 공범인 와일더의 신변에 해가 닥칠 것이 분명하니 나로서는 어쩔 수 없었소. 와일더에게 피해가 가는 일을 막으려면 어쩔 수 없이 헤이즈의 범죄도 모른 척해야 했던 거요.

솔직하게 말해 달라는 대로, 모든 것을 하나도 숨김없이 말했소. 홈스 씨, 이제 당신이 내게 솔직해질 차례요."

"네, 그러지요. 우선 이 점을 미리 말씀드려야겠습니다. 공작님께서는 지금 아주 심각한 상황에 놓여 계십니다. 법의 시각으로 보면 이것은 매우 중대한 범죄입니다. 범죄를 눈감아 주셨고, 살인범의 도주를 도와주셨습니다. 와일더가 공범 헤이즈를 도주시키면서 분명 공작님께 돈을 뜯어냈겠지요?"

공작은 말없이 고개를 끄덕였다.

"그렇다면 문제가 더욱 심각합니다. 그리고 어린 아드님인 샐타이어 군에게도 공작님은 정말이지 못할 짓을 하셨습니다. 그 여관에 사흘씩이나 그대로 방치해 두신 겁니다."

"하지만 헤이즈의 아내가 잘 돌본다고 약속해서……."

"그런 사람들이 무슨 약속을 지키겠습니까? 아드님이 또 어디론가 사라진다고 해도 공작님께서는 하실 말씀이 없습니다. 죄를 지은 아들 와일더에게는 관대하셨지만, 순진무구하고 어린 아드님한테는 못할 짓을 하신 겁니다. 다시 한 번 무시무시한 위험에 빠뜨린 것이나 다름없습니다. 절대로 납득할 수 없는 행동입니다."

홀더네스 공작이 지금까지 살면서 이토록 심한 비난을 받은 적은 없었을 것이다. 공작의 얼굴이 벌겋게 달아올랐고, 입술을 떨면서 눈을 감은 채 고개를 끄덕였다.

"홈스 씨의 도움을 받고 싶소."

"제가 도와 드리겠습니다. 단, 한 가지는 약속하셔야 합니다. 집사를 불러서 제가 마음대로 명령을 내리게 그냥 놔두십시오."

아무 말 없이 공작이 벨을 눌렀다.

잠시 뒤, 집사가 들어왔다.

"좋은 소식이 있네."

홈스가 또박또박 말했다.

"도련님을 찾았다네. 지금 당장 싸움닭 여관으로 마차를 보내 도련님을 데려오라는 공작님의 말씀이 있으셨네."

기쁜 소식에 들뜬 집사의 모습이 사라지자, 홈스가 말했다.

"자, 이제 앞으로 벌어질 일들에 대해서는 어느 정도 안심할 수 있으니, 과거의 일에 대해 좀 더 느긋해질 수 있겠군요. 전 경찰이 아닙니다. 따라서 정의가 실현되는 한, 제가 아는 사실을 일일이 다 밝힐 의무나 이유는 없습니다. 헤이즈에 대해서는 전 아무 말도 하지 않겠습니다. 경찰이 헤이즈를 체포할 테고, 전 헤이즈를 보호하는 행동은 하지 않을 겁니다. 헤이즈가 어떤 얘기를 폭로할지 저는 모르겠습니다. 하지만 헤이즈에게 입을 다물어야 좋을 거라고 공작님께서 확실한 다짐을 받아 두십시오. 경찰은 헤이즈가 몸값을 받으려고 소년을 유괴했다고만 생각할 겁니다. 경찰이 설혹 헤이즈의 유괴 증거를 찾지 못한다고 해도 제가 경찰에게 이러쿵저러쿵 단서를 제공할 필요는 없습니다. 그러나 공작님께서는 이 점을 명심해 두십시오. 제임스 와일더를 계속 집 안에 둔다면, 더 큰 불행이 생길지도 모릅니다."

"나도 홈스 씨와 같은 생각이오. 그러지 않아도 와일더가 다시는 나를 보지 않겠다고 이미 약속했다오. 그 애를 오스트레일리아로 보낼 계획이오."

"와일더 때문에 공작님의 결혼 생활이 불행했다고 말씀하셨지요? 그렇다면 남부 프랑스에 있는 부인을 다시 데려오시기 바랍니다. 그리고 그동안 와일더 때문에 좋지 못했던 부인과의 사이가 원만해지도록 노력하십시오."

"그렇잖아도 그럴 생각이었소. 그래서 오늘 아침에 아내에게 편지를 보냈소."

"그렇다면 저와 제 친구가 이렇게 영국 북부까지 온 보람이 있기는 하군요. 한 가지 더 확실히 하고 싶은 부분이 있습니다. 헤이즈는 자기 말에 쇠 발굽의 편자를 박아서 자신의 범행을 감추려고 했습니다. 그렇게 뛰어난 생각은 확실히 와이더의 머리에서 나온 것이었겠지요? 그런데 와일더가 그런 희한한 도구를 어디서 구했을까요?"

공작은 잠시 생각에 잠기더니, 알겠다는 듯 고개를 끄덕이며 자리에서 일어났다.

공작은 우리를 다른 방으로 안내했다. 문을 열자, 박물관처럼 생긴 방이 나타났다. 그는 유리 장식장으로 우리를 데리고 가더니, 안에 놓인 말편자를 손으로 가리켰다.

"이 말편자는 홀더네스 저택을 둘러싼 호수에서 발견된 것으로 말의 발굽에 사용하는 것이오. 그런데 이 말편자의 뒤쪽은 소 발굽처럼 두 부분으로 갈라져 있어 추적자들을 따돌리기에 용이했소. 중세 시대 홀더네스 가문에서 전쟁 때 사용하던 물건으로 추측됩니다."

홈스는 장식장을 열고 침을 묻힌 손가락 끝으로 편자를 쓰다듬었다. 최근에 편자를 사용한 듯, 덜 마른 진흙이 손가락에 묻어 나왔다.

"고맙습니다."

편자를 제자리에 놓으면서 홈스가 말했다.

"이것은 제가 이곳에 온 뒤, 두 번째로 관심을 끄는 일이었습니다."

"그럼, 첫 번째는 무엇이었소?"

공작이 의심스럽다는 듯이 홈스를 쳐다보았다.

홈스는 조금 전에 공작에게서 받은 수표를 접더니 조심스럽게 수첩 사이에 끼워 넣었다.

"이겁니다. 저는 가난한 사람이거든요."

홈스는 안주머니 깊이 넣은 수첩을 톡톡 두드리며 말했다.

도둑맞은 시험 문제

그리스 어 시험지

1895년, 나와 홈스는 어느 조용한 대학 도시에서 몇 주일을 보낸 일이 있었다. 옛날 영국의 역사에 관한 홈스의 연구 때문이었다.

우리는 대학 도서관 근처에 숙소를 정했고, 홈스는 책이며 공책 들을 잔뜩 늘어놓고 연구에 몰두했다.

그러나 홈스는 어지간히도 범죄와 인연이 깊은지, 거기까지 사건이 따라왔다.

사건을 의뢰해 온 사람은 힐턴 솜스라는 그 도시의 대학 교수였다. 솜스 교수는 깡마르고 키가 커서 다소 신경질적인 느낌이 드는 사나이였다.

"난처한 일이 생겼습니다. 홈스 씨. 바쁘신 줄은 알지만, 제 이야기를 좀 들어 주십시오. 오래 걸리진 않습니다."

연구가 바빠 다른 일을 할 여유가 없었던 홈스는 정중하게 거절했다.

"말씀대로 저는 지금 몹시 바쁩니다. 모처럼 오셨는데 안됐지만, 경찰에 의뢰하시는 게 어떻겠습니까?"

그러나 솜스 교수는 난처한 표정을 지으며 고개를 저었다.

"그렇게 되면 세상에 알려지기 때문에 곤란합니다. 되도록 학교 안에서 해결하고 싶습니다. 듣기에 홈스 씨는 입이 무거운 분이라 쓸데없는 이야기를 하지 않으신다기에……. 바쁘시겠지만 부탁드립니다."

홈스는 쓴웃음을 지으며 나를 바라보았다.

솜스 교수는 홈스의 태도에 아랑곳하지 않고 사건 이야기를 하기 시작했다.

"우리 학교엔 포테스큐 장학 제도라는 게 있습니다. 성적이 좋은 학생에게 입학부터 졸업까지의 학비를 모두 대 주는 제도입니다. 물론 장학금을 타려면 시험을 치러 합격해야 하지만요."

솜스 교수는 내일로 닥쳐온 그 시험의 그리스 어 출제 위원이었다.

며칠 전, 솜스 교수는 그리스 어 시험 문제를 만든 다음 그것을 인쇄소에 보냈다. 물론, 외부에 시험 문제가 알려지지 않도록 세심하게 주의를 기울였다.

오늘 오후 3시, 인쇄소에서 시험 문제의 교정쇄(교정을 보기 위해 활자로 짜 놓은 판 위에 놓고 찍는 종이)가 나왔다.

오후 4시 30분경 교정을 보고 있던 솜스 교수는 문득 그 시간에 친구와 만나기로 약속한 일이 떠올랐다.

"하마터면 잊을 뻔했네!"

교수는 교정쇄를 책상 위에 그대로 둔 채, 방문을 잠그고 친구를 만나러 나갔다.

친구를 만난 다음, 솜스 교수가 자기 방으로 돌아온 것은 약 한 시간 뒤였다. 그런데 이상하게 문의 열쇠 구멍에 열쇠가 꽂혀 있는 것이었다.

'내가 문을 잠그고, 열쇠를 꽂아 둔 채 그냥 나갔었나?'

솜스 교수는 고개를 갸우뚱거리면서 호주머니에 손을 넣어 보았다.

자신의 열쇠는 호주머니 속에 그대로 들어 있었다.

그 방 열쇠는 두 개인데, 솜스 교수와 사환 배니스터가 하나씩 가지고 있었다. 그렇다면 열쇠 구멍에 꽂혀 있는 열쇠는 배니스터의 것이 틀림없었다.

솜스 교수는 배니스터에게 가서 물었다.

"내 방에 열쇠가 꽂혀 있는데, 자네가 잊고 그냥 두고 간 건가?"

배니스터는 호주머니에 손을 넣어 열쇠를 찾더니 깜짝 놀란 표정을 지었다.

"아, 아까 차를 드리려고 방에 들어갔는데 그때 잊어버리고 그냥 나온 모양입니다. 정말 죄송합니다."

배니스터는 미안해 하며 어쩔 줄 몰라 했다.

그는 벌써 10년 가까이나 교수의 시중을 들어 왔으며, 정직하고 책임감이 강한 사람이었다.

"보통 때야 상관없지만, 오늘은 방 안에 내일 치를 시험의 교정쇄가 놓여 있었는데……."

솜스 교수가 나무라듯 말했다.

"괜찮을까요?"

배니스터는 사뭇 걱정스러운 얼굴로 교수의 뒤를 따랐다.

솜스 교수는 문을 열고 방 안으로 들어갔다. 그런데 책상 위를 보니, 누군가가 시험 문제의 교정쇄를 만진 듯한 흔적이 있었던 것이다.

책상 위의 흙

교정쇄는 석 장이었는데, 교수는 방에서 나갈 때 그것을 가지런히 간추려 놓았었다. 그런데 한 장은 마룻바닥에, 한 장은 창문 가까이에 있는 작은 탁자 위에, 또 한 장은 제자리에 제각각 흩어져 있었다.

"배니스터, 설마 자네가 이걸 만진 건 아닐 테지?"

교수의 물음에 배니스터는 펄쩍 뛰었다.

"그게 무슨 말씀이십니까? 저는 지금까지 단 한 번도 선생님 책상 위의 물건을 만진 일이 없습니다."

"그렇다면 누가 시험지를 보았을지도 모르겠는데⋯⋯. 만일 누군가가 문에 열쇠가 그냥 꽂혀 있고 내가 방에 없는 것을 알았다면, 나쁜 짓인 줄 알면서도 문제를 훔치러 들어올 가능성이 있는 것 아닌가. 이거 큰일 났군."

"열쇠를 그냥 꽂아 둔 제게 잘못이 있습니다. 이 일을 어떻게 하면 좋죠?"

배니스터는 비틀비틀하더니 머리를 감싸 쥐며 의자에 털썩 주저앉아 버렸다.

"배니스터, 걱정하지 말게. 그렇게까지 괴로워하지 않아도 돼."

솜스 교수는 배니스터를 달래며 브랜디를 따라 주었다. 그러고 나서 교수는 방 안을 다시 한 번 차근차근 둘러보았다.

창가의 책상 위에 연필을 깎은 흔적과 함께 부러진 심이 남아 있었다. 범인이 급히 시험 문제를 베끼다가 심이 부러져서 연필을 깎았다는 추리가 가능한 상황이었다.

교수는 또 한 가지 단서가 될 만한 것을 발견했다.

방 안엔 작은 책상이 하나 더 있었는데, 빨간 가죽을 씌운, 흠하나 없이 반들반들한 것이었다.

그런데 그 책상 위에 7센티미터 정도의 흠이 나 있는 것이었다. 그것도 긁힌 자국이 아니라 칼로 벤 것 같은 흠이었다.

그 옆에는 작은 흙덩어리도 하나 있었는데, 흙 속에는 톱밥 같은 것이 섞여 있었다.

교수는 단서가 또 없을까 하고 열심히 찾아보았다. 그러나 그 이상은 아무것도 발견되지 않았다.

여기까지 이야기한 솜스 교수는 홈스에게 매달리다시피 하며 간절히 말했다.

"제발 저를 좀 도와주십시오. 범인을 잡든지, 아니면 시험을 연기하고 새로 문제를 내든지 둘 중 하나를 선택해야 하는 것이 제 입장입니다."

"그렇다면 문제를 다시 출제하는 게 어떻겠습니까?"

"그럼, 시험을 연기하고 문제를 다시 출제하는 이유를 학생들에게 설명해야 하는데, 그렇게 되면 우리 학교의 명예가 깎이게 됩니다. 현재로서 가장 좋은 방법은, 시험 전에 범인을 몰래 찾아내어 시험을 치르지 못하게 하는 것이라 생각합니다."

어느 결에 홈스는 이 사건에 흥미를 가지게 된 것 같았다.

"알았습니다. 힘닿는 데까지 해 보죠. 그런데 그 교정쇄가 전해진 뒤로, 선생님 방에 찾아온 사람은 없었습니까?"

"저와 같은 기숙사에 있는 다우라트 라스라는 인도 학생이 찾아왔습니다."

"그 학생도 내일 시험을 치릅니까?"

"네, 그렇습니다."

"그때 교정쇄는 책상 위에 있었습니까?"

"네, 그렇지만 말아 두었으니 내용은 보이지 않았지요."

"그래도 시험 문제의 교정쇄라는 건 알았겠죠?"

"그것을 알지는 못 했을 겁니다."

"교정쇄가 선생님에게 있는 걸 아는 사람이 몇이나 됩니까?"

"그것을 가지고 온 인쇄소 직원뿐입니다. 사환인 배니스터조차도 몰랐으니까요."

"배니스터는 지금 어디 있습니까?"

"아직 제 방에 있을 겁니다. 몹시 괴로워하는 것 같아서 그냥 두고 나왔습니다."

"그럼, 방은 열어 놓은 채입니까?"

"네, 하지만 교정쇄에 대해선 염려하실 것 없습니다. 금고에 넣고 잠갔으니까요."

"그러니까 범인은 선생님 방에 시험 문제의 교정쇄가 있는 것을 모르고 방 안에 들어왔다가 우연히 그것을 발견한 셈이 되는군요."

잠시 뒤, 홈스와 나는 솜스 교수를 따라 대학 기숙사로 향했다.

교수의 방

솜스 교수의 방은 한눈에 내다보이는 아늑하고 조용한 곳에 있었다.

기숙사 건물의 아래층은 교수들의 방이었고, 2, 3, 4층에는 학생들이 각각 한 명씩 있었다.

우리가 기숙사에 닿았을 때는 어느새 땅거미가 지고 있었다. 홈스는 안에 들어가지 않고 먼저 건물 바깥에서 교수의 방을 바라보았다.

교수의 방 창문은, 땅바닥에서 2미터쯤 되는 높이에 있었다.

홈스는 발돋움을 하고 방 안을 들여다보았다.

"홈스 씨, 사건이 생겼을 때 그 창문은 안으로 단단히 잠겨 있었습니다."

교수의 말에 홈스는 빙그레 웃었다.

"아, 그렇습니까? 자, 그럼 안으로 들어가 봅시다."

교수의 방에 들어간 홈스는 먼저 주의 깊게 양탄자 위를 조사하기 시작했다. 잠시 뒤, 홈스가 얼굴을 들며 말했다.

"발자국 같은 건 전혀 없는 것 같군요. 요즘은 날씨가 좋아 땅바닥이 질척거리지 않으니까 발자국이 남아 있지 않은 게 당연할지도 모르죠. 그건 그렇고 배니스터가 주저앉아 있었다는 의자는 어느 것입니까?"

"네, 바로 저쪽에 있는 의자입니다."

솜스 교수가 창문 옆에 있는 의자를 가리키며 대답했다.

"그래요? 그럼 흩어진 교정쇄가 한 장 놓여 있었다는 작은 책상을 좀 볼까요?"

홈스는 작은 책상 앞으로 다가가 옆의 창문과의 거리를 눈어림으로 재어 보고 나서 말했다.

"범인은 방 한가운데 있는 선생님 책상에서 교정쇄를 한 장씩 집어, 이 창가의 작은 책상으로 가지고 왔습니다. 안뜰을 거쳐 돌아올 선생님을 살펴보면서 문제를 베끼기 위해서지요."

"하지만 저는 안뜰을 걸치지 않고, 건물의 옆면 입구로 들어왔습니다."

"그러리라 생각했죠. 범인은 뜻밖의 일에 당황하여 교정쇄를 흐트러뜨리고 달아난 것입니다. 종이가 흐트러진 모양을 보니, 첫째 장의 문제는 전부 베긴 듯합니다. 두 번째 장을 작은 책상에 가지고 와서 베끼기 시작했을 때, 선생님이 갑자기 돌아온 겁니다. 이 방에 들어섰을 때 누가 달아나는 것 같은 발소리를 듣지 못했습니까?"

"전혀 못 들었는데요."

홈스는 작은 책상을 전등 쪽으로 기울이고 유심히 살펴보았다. 그러나 이내 낙심한 듯한 얼굴을 쳐들었다.

"책상 표면에 연필 자국이 남아 있지 않나 했는데, 그런 것조차 남아 있지 않군요."

홈스는 이번엔 빨간 가죽을 씌운 다른 책상 쪽으로 다가갔다.

"아, 이게 선생님이 말한 흙덩이군요. 과연 톱밥 같은 것이 섞여 있네요."

그다음에 홈스는 눈길을 책상 위의 흠 쪽으로 옮겼다.

"이건 좀 이상하군요. 처음엔 얕은데, 마지막엔 톱니 모양으로 되어 있으니……."

홈스는 방에 있는 다른 문을 가리키며 물었다.

"저 문은 어디로 통합니까?"

"네, 제 침실로 통합니다."

"사건이 생기고 들어가신 일이 있습니까?"

"그럴 겨를이 없었습니다."

"잠깐 저 방을 볼 수 있을까요?"

침실로 들어간 홈스는 방 안을 한 바퀴 빙 둘러보더니 옷장 앞에 걸린 커튼 쪽으로 다가갔다.

"설마 이 뒤에 누가 숨어 있는 건 아니겠지."

홈스는 조금 긴장된 얼굴로 커튼을 옆으로 홱 끌어당겼다. 물론 그 뒤엔 아무도 없었다. 옷 서너 벌이 걸려 있을 뿐이었다.

거기서 물러서려던 홈스가 갑자기 허리를 굽혔다.

"아니, 손님께선 여기에도 같은 흙덩이를 떨어뜨리고 가셨군."

"그런데 무엇 때문에 여기에 들어왔을까요?"

솜스 교수는 이해할 수 없다는 듯이 고개를 갸우뚱거렸다.

"이젠 사건 진상의 일부가 뚜렷해졌습니다. 범인은 선생님이 방문에 손을 대기까지 선생님이 돌아온 걸 알지 못했던 것입니다. 그래서 자기 소지품만 가지고 헐레벌떡 침실로 뛰어들어, 이 커튼 뒤에 숨었던 것입니다."

"그럼, 나와 배니스터가 방 안에서 떠들고 있을 때 범인은 이

커튼 뒤에 숨어 있었다는 말입니까?"

"그렇지요."

기숙사의 세 학생

홈스의 수사는 드디어 사건의 중심을 파고들기 시작했다.

"이 건물 평면도를 보니 위층에 있는 학생들이 방으로 갈 땐 반드시 선생님 방을 지나 층계를 올라가야 되는 것 같은데요?"

"네, 그렇습니다."

"위층에 있는 세 학생도 내일 시험을 치릅니까?"

"네, 그렇습니다."

"그중에서 특히 의심스럽게 생각되는 학생은 없습니까?"

홈스의 물음에 솜스 교수는 조금 난처한 표정을 지었다.

"증거도 없이 함부로 의심할 수는 없지요."

"그럼, 세 학생의 성격이나 특징에 대해서 이야기해 주실 수 있습니까?"

"그러죠. 이층에 있는 학생은 길크리스트라고 하는데, 공부도 잘하고 운동도 잘하고 성격이 적극적인 학생입니다. 특히 멀리뛰기를 잘해서 다른 학교와 시합할 때 학교 대표로 나가기도 합니다. 그런데 아버지가 사업에 실패한 뒤로 늘 돈 걱정을 하고 있는 모양입니다."

"3층 학생은 어떻습니까?"

"아까 잠깐 말한 인도 학생 다우라트 라스인데, 인도인답게 신비에 싸인 학생이어서 나로서는 확실한 성격을 알 수 없습니다. 성적은 대체적으로 좋은 편인데, 그리스 어 성적이 조금 떨어지더군요."

"4층 학생은?"

"마일즈 매클래런이라고, 머리가 무척 명석하여 교내에서 손꼽히는 수재입니다. 그런데 노력을 전혀 하지 않고, 이따금 말썽을 일으킵니다. 1학년 땐 부정행위를 하다가 퇴학을 당할 뻔하기도 했습니다."

"요즘은 어떻습니까?"

"여전하죠. 그러니 이번 시험도 걱정이었을 겁니다."

"그럼 매클래런이 가장 수상하군요."

"그런 셈이지요."

"자, 우선 배니스터를 좀 불러 주십시오."

홈스가 의자에 앉으며 말했다.

"그러죠."

잠시 뒤 방에 들어온 사람은 키가 작고 흰 머리가 조금 섞인

50살가량의 사나이였다. 아직도 흥분이 가라앉지 않았는지, 손끝이 가늘게 떨리고 있었다.

"정말이지 죄송하기 짝이 없습니다. 열쇠를 꽂아 둔 걸 모르고……, 선생님께서는 4시 30분엔 언제나 차를 드시거든요. 그런데 방에 계시지 않기에 그냥 돌아왔지요. 다시 와서 열쇠를 뽑는다는 것이 그만……."

배니스터는 기어 들어가는 듯한 목소리로 변명을 늘어놓았다.

"당신의 심정은 이해가 가는데 그때……, 그러니까 솜스 교수에게 이야기를 듣고 나서 비틀거리며 주저앉은 의자가 어떤 겁니까?"

홈스가 물었다.

"저 입구 가까운 데 있는 의자입니다."

"좀 이상하군요. 더 가까이에 의자가 많이 있었는데, 하필이면 왜 거기까지 갔나요?"

"그저……, 정신없이 비틀거리다 보니……."

홈스는 더 묻지 않고 교수에게로 얼굴을 돌렸다.

"잠깐 안뜰로 나가 봅시다."

그래서 우리는 다 함께 어두워진 안뜰로 나갔다. 세 학생의 방 창문에는 이미 불이 환히 켜져 있었다.

돌연 검은 그림자가 창문에 나타난 것은 3층의 인도 학생 다우라트 라스의 방이었다. 어쩐지 안절부절못하고 분주하게 서성거리고 있는 듯이 보였다.

"세 사람의 방을 좀 보고 싶은데, 괜찮을까요?"

"괜찮습니다. 이 기숙사는 학교 안에서도 가장 오래된 건물이라 구경하러 오는 사람이 가끔 있습니다. 당신들도 구경하러 온 사람이라고 하죠."

우리는 먼저 이층 길크리스트의 방을 노크했다. 곧 길크리스트가 문을 열고 얼굴을 내밀었다.

키가 크고 체격이 건장한 청년이었다.

"이 신기한 건물의 방 안을 좀 연구해 보고 싶어서요."

홈스가 길크리스트의 표정을 살피며 말했다.

그러자 그가 상냥한 태도로 우리를 맞아들였다.

"아, 그러십니까? 어서 들어오십시오."

홈스는 그럴듯한 표정을 지으며 공책에 방 안의 구조를 스케치했다.

잠시 뒤, 그 방을 나와 3층으로 올라갔다. 인도 학생 다우라트 라스는 못마땅한 얼굴로 우리를 쏘아보았다. 그러다가 홈스가 스케치를 끝내자, 한시름 놓는 듯한 표정이 되었다.

마지막으로 우리는 4층 매클래런의 방을 노크했다.

그런데 방 안에서는 어처구니없는 대답이 튀어나왔다.

"돌아가! 오늘 밤엔 아무도 만나기 싫어! 내일 시험이 있단 말이야."

교수는 미안한 듯이 우리 얼굴을 바라보았다.

"죄송합니다. 매클래런은 아마 내가 노크한 줄 모를 겁니다."

그러나 홈스는 그런 일에는 별로 개의치 않는 눈치였다. 다만 돌아서서 층계를 내려갈 때, 솜스 교수에게 대수롭지 않다는 듯 불쑥 질문을 던졌다.

"그런 건 상관없습니다. 그보다도 매클래런의 키가 얼마나 되는지, 혹시 아십니까?"

"글쎄요. 정확한 건 모르지만 인도 학생보다 조금 큰 건 틀림없습니다. 한 1미터 70센티미터 정도 될 듯싶은데……."

"그 점이 이 사건에서는 매우 중요합니다. 그럼, 이만 실례하겠습니다."

"돌아가시다니요? 바로 내일이 시험인데……."

솜스 교수는 울상이 되어 홈스를 바라보았다.

"내일 아침 일찍 다시 오겠습니다. 그땐 만족할 만한 대답을 가지고 올 수 있을 겁니다. 그 전까진 아무 일도 없었던 것처럼 시치미를 떼고 계십시오."

그래도 걱정스러운 기색을 떨쳐 버리지 못한 솜스 교수를 남겨 둔 채, 우리는 밖으로 나왔다. 밖으로 나와 기숙사 건물을 바라보니, 인도 학생이 아직도 초조한 듯 방 안을 왔다 갔다 하고 있는 것이 유리창을 통해 보였다.

홈스는 기숙사 건물에서 나에게로 시선을 돌리며 물었다.

"왓슨, 저 세 학생 중 하나가 범인임이 분명한데, 자네는 누가 가장 의심스러운가?"

"글쎄, 4층의 매클래런이 좀……. 부정행위를 하다 들킨 적도 있고, 평소의 품행도 좋지 않다니 말이야. 하지만 인도 학생 쪽도 뭔가 미심쩍어. 무엇 때문에 저렇게 안절부절못하면서 서성거리는 것일까?"

"시험을 앞두고 무언가를 외울 적에 저렇게 방 안을 서성거리는 사람도 많아."

"그런데 우리가 방에 들어가니까, 어쩐지 싫은 기색인 것처럼 보이지 않던가?"

"시험 전날 밤이라 일 초가 아쉬운 판에 알지도 못 하는 사람들이 찾아갔으니 그럴 수도 있지. 그보다도 이상한 건 배니스터야."

"배니스터? 그 사람은 꽤 정직하고 성실해 보이던데……."

"아무튼 숙소로 돌아가 차근차근 생각해 보도록 하세."

숙소로 돌아온 우리는 늦은 저녁을 먹었고, 저녁 식사를 마친 홈스는 의자에 깊숙이 몸을 묻은 채 생각에 잠겨 있었다.

이윽고 홈스가 입을 연 것은 밤이 꽤 깊었을 때였다.

"왓슨, 범인을 알았네. 중요한 재료는 다 갖춰져 있어. 이젠 그곳을 잘 연결해서 생각해 보면 돼. 자네도 한번 생각해 보게."

나는 밤새도록 생각해 보았으나, 아무런 결론도 얻지 못했다.

공범자

이튿날 아침, 홈스가 내 방에 나타났을 때 나는 세수를 하고 있었다.

"왓슨. 범인을 알아냈나?"

"아니, 아무래도 내 머리는 자네 머리만 못한 모양이야."

"하하, 그렇게 비관하지 말고 이걸 좀 보게. 내 생각이 옳다는 걸 뒷받침하는 증거일세."

홈스의 손바닥에 있는 걸 본 나는 눈이 휘둥그레지지 않을 수 없었다. 그것은 어제 솜스 교수의 방에 떨어져 있던 것과 똑같은 모양의 흙덩어리였다.

"여보게, 이걸 도대체 어디서 가지고 왔나?"

"그 설명은 솜스 교수 앞에 가서 하지. 지금쯤 몹시 초조해 하고 있을 테니까."

홈스의 말대로 솜스 교수는 불쌍할 만큼 초조한 얼굴로 거의 초죽음이 다 되어 기다리고 있었다.

"아, 난 오시지 않는 줄 알고 얼마나 낙심하고 있었는지 모릅니다. 이제 몇 시간 뒤면 시험이 시작되는데 말입니다."

"시험은 시작해도 상관없습니다."

"하지만 문제를 훔친 학생이……."

"그 학생은 시험을 치르지 못하게 해야지요."

"그럼, 범인을 알아내셨습니까?"

"물론입니다. 그러니 여기서 비밀 재판을 엽시다. 우선 증인으로 배니스터를 불러 주십시오. 그리고 선생님은 거기 앉고, 왓슨은 여기, 그리고 나는 이 한가운데의 안락의자에 앉겠습니다. 될 수 있는 대로 무게 있는 태도를 취해 주셔야 합니다. 나쁜 짓을 한 녀석이라면 우리 모습을 보기만 해도 겁을 낼 테니까요."

솜스 교수가 벨을 누르자, 배니스터가 방 안으로 들어왔다. 우리 모습을 본 배니스터는 얼굴빛이 하얗게 질리는 것 같았다. 홈스는 배니스터가 마음을 추스를 틈을 주지 않고 추궁하듯이 날카롭게 말했다.

"배니스터 씨, 오늘은 솔직하게 얘기해 줘야 하겠습니다."

"솔직하게라뇨? 전 어제 이미 다 말씀……."

"아무리 그래도 날 속이진 못해요. 정신을 잃을 정도였다면서 당신은 가까운 의자에 앉지 않고 저 멀리 방구석에 있는 의자에 앉았소. 의자에 놓여 있는 것이 솜스 교수의 눈에 띄면, 방안에 들어온 사람이 누구라는 것이 밝혀질까 봐 그것을 깔고 앉은 것 맞지요?"

"아니, 그게 무슨 말씀이십니까?"

배니스터는 딱 잡아뗐으나, 홈스는 공격을 멈추지 않았다.

"교수가 갑자기 나타나자, 범인은 놀라서 침실로 뛰어 들어갔죠. 교수가 방에서 나와 나를 찾아온 사이에 당신은 범인을 달아나게 한 거, 맞죠?"

"아닙니다, 그렇지 않아요! 이 방엔 아무도 없었어요!"

"시치미를 떼도 소용없어요. 솜스 교수, 죄송하지만 이번엔 길크리스트를 데리고 오시지요."

교수는 놀란 얼굴로 홈스를 바라보았다.

"그럼, 길크리스트가……."

홈스가 고개를 끄덕였다.

"그렇습니다. 범인은 길크리스트입니다."

길크리스트는 솜스 교수의 뒤를 따라 가벼운 걸음으로 들어왔다.

그러나 방 한구석에 고개를 숙이고 서 있는 배니스터를 보더니, 몹시 놀란 기색을 보였다.

"길크리스트 군, 여기엔 우리밖에 없어요. 이야기가 새어 나갈 염려는 없단 말입니다. 그러니 어째서 어제와 같은 잘못을 저질렀는지 솔직히 이야기해 보세요."

홈스의 말에 길크리스트는 얼굴을 붉히며 우물쭈물했다. 그때 갑자기 배니스터가 길크리스트를 향해 소리를 질렀다.

"길크리스트 님, 전 아무 말도 하지 않았습니다! 정말입니다. 믿어 주세요!"

홈스는 재빨리 그 말끝을 잡았다.

"사실 배니스터는 아무 말도 하지 않았소. 자, 길크리스트 군! 정직하게 모든 걸 이야기하고 교수님께 용서를 구하시오."

그 순간, 청년의 얼굴이 심하게 일그러졌다. 잠시 뒤, 그는 두 손으로 얼굴을 가리고 흐느끼기 시작했다.

"직접 말하기가 어려울 테니, 내가 대신 이야기하지. 내가 자네를 수상하게 생각한 건, 교수님 방의 창문 높이 때문이었어."

홈스는 이렇게 말하며, 교수에게로 고개를 돌렸다.

"시험 문제의 교정쇄가 온 것을 아는 사람은 인쇄소 직원 외엔 없다고 하셨죠? 그렇다면 범인은 방에 몰래 들어왔다가 우연히 그걸 본 셈이 됩니다. 하지만 그건 이야기가 지나치게 우연적이라고 생각되지 않습니까?"

"듣고 보니 그렇군요."

"그래서 저는, 혹시 범인이 창밖으로 지나가다가 방 안 책상 위에 있는 교정쇄를 본 게 아닐까 생각했습니다. 내 키는 약 1미터 80센티미터입니다. 그런 나도 발돋움을 하지 않고는 방 안을 들여다볼 수가 없었습니다. 땅에서 창문까지의 높이는 약 2미터가 되더군요."

"아, 그래서 세 학생의 키를 물으셨군요?"

"그렇습니다. 매클래런의 키는 1미터 70센티미터, 인도 학생은 그보다 적으니, 지나가다가 문득 방 안을 들여다볼 수 있는 사람은 키가 큰 길크리스트 군밖에 없습니다."

길크리스트는 고개를 푹 숙인 채 잠자코 듣고 있었다.

홈스는 이야기를 계속했다.

"어제 오후, 길크리스트 군은 틀림없이 운동장에서 멀리뛰기 연습을 했을 겁니다. 오후 늦게 연습을 끝낸 길크리스트 군은 손에 스파이크를 들고 기숙사로 돌아왔습니다. 키가 큰 길크리스트 군은 무심코 지나치다 창문을 통해 시험 문제의 교정쇄를 발견했습니다. 물론 그것뿐이었다면, 길크리스트 군은 그런 짓을 하지 않았을 겁니다. 공교롭게도 건물 안에 들어왔을 때 교수의 방문에 열쇠가 꽂힌 것이 눈에 띄었고, 그걸 보는 순간 나쁜 생각이 들었을 겁니다. 길크리스트 군은 자신도 모르게 열쇠를 돌려 방 안으로 들어갔습니다. 그리고 빨간 가죽을 씌운 책상에 스파이크를 놓고, 창가의 의자에도 무엇인가를 놓았습니다."

그러자 길크리스트가 고개를 들고 말했다.

"운동용 장갑이었습니다."

"그랬군……. 길크리스트 군은 나쁜 짓인 줄 알면서도 시험 문제를 베끼기 시작했습니다. 솜스 교수가 돌아오는 것을 살피기 위해 연방 안뜰을 내다보면서……. 그런데 교수는 안뜰을 거치지 않고 건물 옆문으로 들어왔습니다. 길크리스트 군은 당황해서 스파이크를 책상에서 집어 들고 얼른 침실로 뛰어들었습니다."

"아, 그러니까 저 책상의 흠은 구두 바닥에 못이 박혀 있는 스파이크 자국이었군요!"

솜스 교수가 고개를 끄덕이며 말했다.

"방 안에 떨어져 있던 피라미드 모양의 작은 흙덩이에 대해서도 이젠 이해가 가실 것입니다. 그것은 세모꼴로 뾰족한 스파이크의 못이 만든 거죠. 나는 오늘 아침 일찍, 대학 운동장에서 그와 똑같은 흙덩어리를 주웠습니다. 또 멀리뛰기를 할 때 뛰어내리는 곳의 땅바닥을 푹신하게 하기 위해 톱밥이 뿌려져 있다는 사실도 알았습니다. 당황한 길크리스트 군은 침실로 달아날 때 의자에다 장갑을 놓은 걸 깜빡 잊었습니다. 그 뒤에 교수와 배니스터가 들어왔습니다. 의자 위에 있는 장갑을 본 배니스터는 범인이 누구라는 걸 단번에 알아챘습니다. 그래서 정신을 잃는 체하면서 그 장갑 위에 주저앉았던 것입니다. 그런데 이 사건에서 한 가지 이해할 수 없는 점이 있습니다. 배니스터, 당신은 어째서 길크리스트 군을 그토록 감쌌습니까?"

배니스터는 고개를 푹 숙였다.

"전에 길크리스트 님의 아버님 밑에서 사환 노릇을 한 일이 있습니다. 그래서 늘 길크리스트 님에게 관심을 기울이고 있었죠. 그 때문에 의자 위에서 길크리스트 님의 장갑을 본 순간, 저도 모르게 그 위에 주저앉아 버렸습니다. 그리고 교수님께서 홈스 씨한테 의논하러 가신 뒤, 침실에서 내보내 드렸던 것입니다. 모든 것은 제 잘못에서 시작되었습니다. 제가 열쇠를 꽂아 두지 않았다면 이런 일이 생기지도 않았을 테니까요. 길크리스트 님은 본래 진실하신 분인데, 저의 부주의로 그만 유혹에 빠져 이런 일을 저지르신 것입니다. 방에서 나가실 때, 이런 짓을 다시 하면 안 된다고 간곡히 말씀드렸으니, 지금은 깊이 반성하고 계실 겁니다."

배니스터의 말이 끝나자 길크리스트가 조용히 일어섰다.

"솜스 교수님, 배니스터의 충고를 듣고 깨달은 바가 있습니다. 제 죄를 빌기 위해 오늘 시험을 치르지 않고, 이걸 학교에 내기로 결심했습니다."

말을 마친 길크리스트는 호주머니에서 종이 한 장을 꺼냈다.

"아니, 이게 뭔가?"

"자퇴서입니다."

"그렇지만……."

"아닙니다. 오래전부터 남아프리카의 로디지아에서 경찰관으로 근무해 보지 않겠냐는 권유를 받았습니다. 거기 가서 새로운 출발을 할까 합니다."

"자네 말에 나도 안심했네."

홈스는 길크리스트의 어깨를 격려하듯이 두드려 주었다.

"잘 다녀오게. 열심히 일해서 이번 잘못을 보상하도록 하게. 틀림없이 성공할 걸세."

그리고 나서 홈스는 나를 돌아다보며 재촉하듯이 말했다.

"여보게, 빨리 돌아가세. 아침을 먹지 않았더니 속이 쓰리군."

빈집의 모험

살아서 돌아온 홈스

귀족인 로널드 어데어 경이 참으로 기묘한 방법으로 살해되어 런던 시내가 떠들썩해졌고, 그로 인해 상류 사회가 발칵 뒤집힌 것은 1894년 봄이었다.

경찰 수사 중에 드러난 사건의 내용은 이미 세상에 알려졌는데, 이 사건은 검찰 측의 증거가 너무 뚜렷하고 결정적이었기 때문에 이면에 가려진 여러 가지 정황들은 공표조차 하지 못한 채 묻어 버려야만 했다.

그때부터 거의 10년이 지난 오늘에야 그 기이한 사건의 정황 중 발표되지 못한 부분을 내가 발표해도 좋다는 허락을 받아 냈다. 그런데 이 사건 자체도 매우 흥미로웠지만, 그 뒤에 일어난 믿을 수 없는 일에 비하면 아무것도 아니란 것을 밝혀 두고 싶다. 그 뒤에 일어난 일이, 누구보다도 모험적인 삶을 살아온 내가 지금까지 겪은 어느 사건보다도 놀라웠고 뜻밖이었기 때문이다.

상당한 세월이 흘렀지만, 아직도 그때를 생각하면 온몸이 짜릿할 뿐 아니라 당시 내 마음을 뒤덮었던 갑작스러운 환희와 놀라움과 믿을 수 없었던 감정들이 생생하게 떠오른다.

지금까지 내가 가끔 발표한 아주 색다른 인물의 생각과 행동에 얼마쯤 흥미를 가져 준 세상 사람들에게 말하고 싶은 것이 있다. 이 사건에 관해 내가 알고 있던 모든 지식을 지금까지 여러분에게 알리지 않았던 점을 부디 책망하지 않기 바란다. 그가 내게 함구령을 내리지 않았더라면 무엇보다도 먼저 그 일에 대해 여러분에게 알리는 것이 나의 임무였겠지만, 지난달 3일에야 그 함구령이 풀렸으므로 나는 별 도리가 없었다.

홈스는 3년 전에 스위스 여행 중 범죄 왕 모리어티 교수 일당의 습격을 받고 절벽에서 떨어져 행방불명된 상태였다. 나는 홈스가 죽었다고 생각하고 슬픔에 잠겨 있었다.

어데어 경의 살인 사건이 일어난 건 그 무렵의 일이었다. 늘홈스와 같이 생활해 온 나는, 나도 모르게 홈스의 영향을 받아 범죄에 깊은 관심을 갖게 되었다. 따라서 홈스가 없는 상황에서도 세상을 놀라게 한 온갖 사건에 주의를 기울이곤 했다. 그리고 나 자신의 만족을 위해 홈스의 방법을 써서 사건을 풀어 보려는 시도도 여러 차례 했었다. 그런데 로널드 어데어 경의 끔찍한 최후처럼 나의 관심을 끈 사건은 없었다.

배심원들은 검시 재판에서 한 사람 내지 몇 사람에 의한 타살이라는 판결을 내렸다. 나는 마차를 타고 환자를 보러 다니면서 하루 내내 추리를 해 보았지만, 아무리 해도 적당한 실마리를 잡을 수가 없었다. 셜록 홈스의 죽음이 얼마나 큰 사회적 손실인지를 새삼 실감했다.

이 이상한 사건에는 홈스의 흥미를 끌 만한 점이 몇 가지 있었으므로, 유럽 최고 명탐정이 있었다면 훈련된 관찰력과 재빠른 두뇌 회전으로 경찰의 노력을 보충해 주었거나 그 이상으로 도와주었을 것이 분명해 보이는 사건이었다.

이미 알고 있는 사실을 다시 말하는 것이겠지만, 그 당시 세상 사람들에게 알려진 검시 재판의 결과를 요점만 말하면 다음과 같다.

오너러블(귀족 자제에게 붙이는 호칭) 로널드 어데어 경은 오스트레일리아 식민지의 총독 메이누스 백작의 차남이다. 어데어 경의 어머니는 백내장 수술 때문에 본국으로 돌아와서 아들 로널드, 딸 힐다와 함께 런던의 파크 레인 427번지에 살고 있었다.

어데어 경은 상류 사회의 사교계에 드나들었지만, 내가 알고 있는 바로는 그는 누구에게 원한을 살 만한 행동을 한 적도 없었고, 품행이 나쁜 것도 아니었다. 비교적 대인 관계도 원만했으며, 성격이 조용한 데다 감정에 치우치는 일 없이 침착한 편이었다.

그는 카스테어즈의 미스 이디스 우들리와 약혼한 사이였는데, 사건이 일어나기 몇 달 전에 서로 합의하여 파혼했다. 그러나 그로 인해 깊은 감정의 골이 남아 있었다는 징후는 어디에도 없었다. 그는 평소처럼 일상생활을 해 나갔고, 한정된 범위 안에서 평범한 사람들과 어울렸을 뿐이다.

이렇게 모범적인 청년이 1894년 3월 30일 밤 10시에서 11시 사이에 대단히 이상하면서도 뜻밖인 죽음을 당한 것이었다.

트럼프를 좋아하는 어데어 경은 거의 매일같이 트럼프 놀이를 했지만, 그렇다고 자신의 목숨을 위태롭게 할 정도로 큰 도박을 한 적은 없었다. 그는 주로 볼드윈, 캐번디시, 바가텔 등의 트럼프 클럽에 드나들었다.

죽던 날은 저녁 식사를 마치고 바가텔 클럽에서 휘스트를 했다고 알려졌다. 게임 상대였던 머레이 씨, 존 하디 경, 모런 대령의 진술에 따르면, 그들은 휘스트를 했지만 승부가 치열하지 않았으며 어데어 경은 5파운드 정도 잃었을 거라고 했다. 하지만 상당한 재력가였던 그에게 5파운드를 잃은 것은 그다지 큰일도 아니었고, 거의 하루도 빠지지 않고 여러 클럽을 돌며 트럼프를 했던 그는 조심스러운 성격이었기 때문에 주로 따는 편이었다고 한다. 조서에 따르면, 몇 주일 전에도 모런 대령과 편을 짜고 고드프리 밀러와 발모랄 경을 상대로 게임을 해 하룻밤에 420파운드나 딴 적이 있었다고 한다.

이런 사실은, 사건 직전에 어데어 경이 한 행적을 조사한 검시 재판의 심리 결과로 밝혀진 내용이다.

사건이 있었던 날 밤, 어데어 경은 10시 정각에 클럽에서 돌아왔다. 어머니와 누이동생은 친척 집에 가고 없었으며, 어데어 경이 거실로 쓰고 있는 3층 방으로 올라가는 소리를 들었다고 하녀가 증언했다. 그리고 하녀는 그 방의 벽난로에 불을 피웠는데, 잘 타지 않고 연기가 나는 바람에 창문을 활짝 열어 놓았다고 했다.

그 뒤 11시 20분, 즉 어머니인 메이누스 부인과 누이동생인 힐다가 돌아온 시간까지 3층에서는 아무런 소리도 나지 않았다고 했다.

노모는 잠자기 전에 아들을 보려고 3층으로 올라갔는데, 방문이 잠겨 있어서 문을 두드리고 소리쳐 불렀지만 아무런 대답

이 없었다고 한다. 할 수 없이 사람을 불러 방문을 부수고 들어
갔더니, 어데어 경이 탁자 옆에 쓰러져 있었다는 것이다. 그의
머리는 권총 탄환에 맞아 무참히 으스러져 있었는데, 방 안에서
흉기라고 할 만한 것은 아무것도 발견되지 않았다고 한다.

탁자 위에는 10파운드짜리 지폐 두 장과, 은화와 금화를 합쳐
서 17파운드 10실링이 놓여 있었다고 한다. 그리고 종이 한 장
이 있었는데, 클럽 친구들의 이름과 그 이름 옆에 숫자가 적혀
있는 것으로 보아, 그가 죽기 전에 트럼프에서 따고 잃은 돈을
계산해 봤던 것으로 추측되었다.

상황을 자세히 조사하면 할수록 사건은 더욱더 복잡하게 여
겨졌다. 우선 어데어 경이 안에서 방문을 잠근 이유를 알 수 없
었다. 그건 범인의 짓이며, 그 뒤에 창문으로 도망쳤다고도 생
각할 수 있는 정황이었다.

그러나 창문에서 땅바닥까지는 적어도 7미터, 바로 밑에는
크로커스가 활짝 피어 있는 꽃밭이 있었다. 그런데 꽃밭은 꽃이
나 흙이 조금도 어질러진 데가 없었고, 집과 도로 사이에 있는
좁다란 잔디밭에서도 아무런 흔적이 발견되지 않았다.

이런 정황으로 보면 자물쇠를 채운 건 어데어 경 자신이라는
얘기가 되는데, 그렇다면 어떻게 살해되었다는 건지 알 수 없
었다.

아무런 흔적을 남기지 않고 창문까지 기어오르는 일은 누구나 할 수 있는 일이 아니다. 그뿐만 아니라, 창문 사이로 총을 쏘아 한 발에 맞추는 것도 총 쏘는 솜씨가 여간 좋지 않고서는 쉬운 일이 아니다. 게다가 파크 레인은 사람들의 왕래가 많은 도로이고, 집에서 100미터 못 미친 곳에는 마차를 빌려 주는 곳까지 있었지만 누구 한 사람도 총소리를 들었다고 하는 사람이 없었다.

그러나 사람은 살해되었고, 그곳에는 권총 탄환도 있었다. 어데어 경은 보나마나 총을 맞자마자 즉사한 것이 분명해 보였다.

여기까지가 파크 레인 사건의 정황인데, 이미 말했듯이 어데어 경에게는 적이 없었다. 또한 돈이나 귀중품이 없어진 흔적이 없어서 살해 동기가 분명하지 않았으므로 사건이 더욱 어려워졌다.

나는 이 같은 사실들을 생각하면서 모든 정황에 맞는 합리적인 설명을 해 보려고 하루 종일 노력했다. 또한 모든 수사는 가장 허술한 부분부터 시작해야 한다고 늘 강조하던 홈스의 말을 상기하며, 그 허술한 부분이 무엇일까를 골똘히 생각해 보았지만 아무런 진전이 없었다.

저녁나절, 6시쯤에 나는 산책 삼아 하이드파크 공원을 지나 파크 레인의 옥스퍼드 가로 어슬렁어슬렁 걸었다. 길거리에 한

무리의 사람들이 한가롭게 모여서 어떤 집의 창문을 쳐다보고 있었기 때문에, 그 집이 바로 내가 찾는 집임을 쉽사리 알 수 있었다.

사복형사로 보이는 키가 큰 남자가 모인 사람들을 향해 사건에 대한 자기 의견을 늘어놓고 있는 중이었다. 나도 사람들 틈 사이를 뚫고 그 남자 가까이로 가서 귀를 기울여 봤지만, 그의 의견에 도무지 수긍할 수가 없어 실망한 채 뒤로 물러났다.

그 순간 나는 뒤에 서 있던 한 노인과 부딪쳤는데, 그 바람에 노인이 손에 들고 있던 책 몇 권이 땅에 떨어졌다. 나는 황급히 그 책들을 집어 주었는데, 책들 중에 제목이 '나무 숭배의 기운'이라는 책이 특히 눈에 띄었다. 장삿속인지 취미인지는 모르겠으나, 가난한 애서가인 노인이 세상에 파묻힌 이름도 없는 서적을 수집하고 있는 것이 틀림없다고 나는 생각했다.

나는 나의 부주의를 정중하게 사과했으나, 노인은 땅에 떨어졌던 책들이 매우 귀중한 것이었던지 사과도 받지 않고 마치 욕을 하듯이 툴툴거리며 몸을 급히 돌려 사람들 틈 속으로 사라져 버렸다.

나는 파크 레인 427번지를 샅샅이 조사해 보았지만 이 사건의 수수께끼를 풀 단서를 아무것도 발견하지 못했다. 집과 도로 사이에는 낮은 담과 난간이 있었고, 높이가 1미터 반 정도 되었다. 그렇기 때문에 누구나 쉽게 정원으로 들어갈 수 있었다. 그러나 3층 창문은 절대로 접근할 수 없는 높이였다. 수도관 같은 것이라도 있다면 아주 날쌘 사람의 경우 기어오를 수 있을지도 모르지만, 그러한 것도 전혀 눈에 띄지 않았다. 나는 도무지 감이 잡히지 않는 데다 머리만 복잡해져서 아예 집으로 돌아와 버렸다.

그러나 서재로 돌아와 5분도 되지 않았을 때, 하녀가 들어와서 손님이 왔다고 알려 줬다. 그런데 이게 웬일인지, 손님이란 아까 길에서 부딪쳤던 그 기묘한 노인이었다. 노인은 앙상하고 쭈글쭈글한 얼굴을 백발 사이로 드러내 보이며 열 권가량의 책을 오른팔에 힘겹게 안고 있었다. 노인은 눈을 날카롭게 빛내며 기묘하게 쉰 소리로 말했다.

"내가 찾아와서 몹시 놀란 모양이구려?"

"그렇습니다."

나는 고개를 끄덕이며 대답했다.

"내게도 양심이란 것이 있긴 한 모양이오. 아까 일이 마음에 걸려서 당신 뒤를 밟아 살금살금 따라오다 보니 이 집까지 오게 되었소. 그래서 잠깐 들러, 아까는 내가 너무 퉁명스럽게 굴었지만 결코 무슨 악의가 있었던 건 아니라는 것과, 책을 집어 줘서 고맙다는 말을 하려고 일부러 찾아왔소."

"별것도 아닌데, 지나치게 신경을 쓰시는군요. 그런데 혹시 저를 알고 계십니까?"

"아닙니다. 나는 이 근처의 처치 가 모퉁이에서 조그만 책방을 하고 있습니다. 한번 들러 주시면 고맙겠습니다. 보아하니 선생께서도 책을 모으시는 모양이군요. '영국의 조류', '캐툴러스 시집', '성전' 등이 있는데, 모두 희귀한 책들이군요. 다섯 권만 더 있으면 책장의 두 번째 칸이 다 찰 것 같은데, 저 상태로는 이가 빠진 것처럼 보기에 좋지 않군요."

나는 고개를 돌려 뒤쪽의 책장을 쳐다보고 나서 다시 고개를 돌렸는데, 책상 앞에 셜록 홈스가 빙긋이 웃고 서 있는 것이었다! 나는 너무나 놀라 자리에서 벌떡 일어나 멍청하게 홈스를 쳐다보다가 그냥 그 자리에서 기절해 버렸다.

정신을 차려 보니 칼라 끝이 풀려 있었고, 입술에는 브랜디의 독한 뒷맛이 남아 있었다. 홈스는 브랜디 병을 손에 든 채 의자 위에서 몸을 굽혀 나를 내려다보며 반가운 목소리로 말했다.

"왓슨, 참으로 미안하네. 이렇게까지 자네가 충격받을 줄은 몰랐네."

나는 귀에 익은 홈스의 목소리를 듣고는, 홈스의 팔을 붙잡으며 외쳤다.

"홈스! 정말로 자네가 맞나? 아니, 세상에! 자네가 살아 있다니……! 그 무서운 골짜기 밑에서 어떻게 기어 올라올 수가 있었나?"

"너무 서두르지 말게. 복잡한 이야기를 해야 하는데, 기분은 좀 어떤가?"

"괜찮아. 그런데 정말로 내 눈을 믿을 수가 없네. 자네가 이렇게 내 서재에 있다는 사실이 도무지 믿기지 않네."

나는 다시 한 번 홈스의 옷소매를 붙잡고서 옷 위로 가느다란 근육질의 팔을 만져 보았다.

"흠, 유령은 아닌 것 같군. 여보게, 이런 기쁜 일이 또 어디 있겠나? 어서 앉게. 어떻게 살아 돌아왔는지 얘기해 주게."

홈스와 나는 마주 보고 의자에 걸터앉아 예전에 하던 것처럼 담배에 불을 붙였다. 홈스는 늙은 책방 주인답게 낡은 프록코트를 입고 있었는데, 변장용 흰 가발과 헌책은 탁자 위에 올려놓았다.

홈스는 그전보다 훨씬 더 야위었고, 독수리처럼 날카로운 얼굴은 더욱 창백해 보였다. 그동안 얼마나 고생을 했는지 짐작하고도 남음이 있었다.

"이렇게 허리를 펴게 되니 몸이 다 시원하구먼. 왓슨, 키가 큰 남자가 30센티미터 정도 키를 줄여서 몇 시간 동안 오그리고 있는 건 쉬운 일이 아니야. 그런데……, 자네 오늘 밤……. 그러니까 지금부터 매우 어렵고 위험한 일을 해야 하는데 좀 도와주겠나? 그리고 내가 어떻게 살아 돌아왔는지는 그 일이 끝난 다음에 얘기하면 어떨까?"

"난 호기심이 많은 사람이야. 그 이야기는 당장 듣고 싶네."

"그럼, 오늘 밤 함께 가 주겠나?"

"언제든지, 어디든지, 원하는 대로 자네와 행동을 같이 하겠네."

"예전과 다름없군. 나가기 전에 식사할 시간은 있네. 그럼, 그 절벽 얘기를 해 주지. 절벽에서 올라오는 건 별로 어렵지 않았네. 그도 그럴 것이, 난 처음부터 절벽에 떨어지지 않았으니까 말이야."

"무슨 말인가? 떨어지지 않았다니?"

"그래, 떨어지지 않았다네. 왓슨, 그때 자네에게 유서 대신에 쪽지를 남겨 두었는데, 그건 틀림없이 진짜야. 안전한 곳으로 통하는 샛길에 그 모리어티 교수가 서 있는 것을 보았을 때 이젠 내 삶도 끝장이라고 생각했지. 그 교수의 잿빛 눈에는 어떻게 해서라도 나를 죽이겠다는 의지가 담겨 있었거든. 그래서 나는 교수와 두서너 마디 말을 나눈 다음 자네에게 보낼 몇 마디 말을 쓸 수 있는 시간을 달라고 했네. 그걸 담뱃갑과 지팡이와 함께 그곳에 남겨 두고서, 뒤를 따라오는 모리어티 교수와 샛길로 걸어갔지. 절벽 끄트머리까지 갔을 때 나는 독 안에 든 쥐 꼴이 되었네. 상대방은 무기 같은 건 꺼내지 않은 채 긴 두 팔로 나에게 달라붙더군. 그 교수는 자기의 운명도 그때가 마지막임을 알았는지, 오로지 나를 처치하려는 생각만 하고 있는 듯했네.

우리 두 사람은 하나로 뒤엉켜 폭포 가장자리에서 맹렬히 싸웠네. 하지만 나는 동양의 고유 무술인 유도 기술을 익혀 두었기 때문에 어려운 고비를 넘길 수 있었어. 내가 그의 손에서 빠져나오는 순간, 그는 몸의 균형을 잃고 기우뚱거리더니 소름 끼치는 외마디 비명을 지르며 거꾸로 떨어지더군. 그러고는 물속에 가라앉았네."

홈스가 담배를 피우면서 사건의 경위를 이야기하는 동안, 나는 잠자코 귀를 기울이고 있다가 이 대목에서 끼어들었다.

"하지만 발자국은 어떻게 된 건가? 두 사람의 발자국이 샛길로 내려간 채 되돌아온 흔적이 없는 걸 내 눈으로 확인했는데……."

"그건 이렇게 된 걸세. 그 교수의 몸이 떨어지는 순간, 나는 운명의 신이 내게 다시없는 기회를 베풀어 주었다고 생각했네. 나를 죽이려고 마음먹고 있는 사람은 모리어티 교수 혼자만이 아니었어. 두목의 죽음을 알게 되면 내게 복수를 할 녀석들이 적어도 셋은 있었지. 모두 지극히 위험한 녀석들이니, 그들 중

어느 누군가가 나를 해칠지도 모르지 않나.

그런데 내가 죽었다는 것을 세상 사람들이 인정하면 그 녀석들은 분명히 제멋대로 놀아날 거라고 생각했어. 그래서 몸을 숨기고 있다가 그들이 움직이기 시작하면 시기를 보아서 놈들을 파멸의 구덩이로 몰아넣어야겠다고 작정했네. 그런 다음, 내가 모습을 드러내도 괜찮다고 생각한 거지.

나는 일어나서 뒤쪽의 암벽을 살펴보았지. 그때의 일을 생생하게 기록한 자네의 글을 몇 달이 지난 다음에 흥미롭게 읽었네. 자네는 그 암벽이 깎아지른 듯하다고 썼지만, 그것은 사실이 아니야. 거기에는 발을 디딜 만한 곳도 있었고, 돌이 약간 튀어나온 곳들도 있었어. 하지만 암벽이 너무나 높아서 기어 올라갈 엄두가 나진 않더군. 그런데 눅눅하고 미끄럽고 좁은 길에 발자국을 남기지 않고 돌아가는 일도 불가능하게 여겨졌어. 물론 이런 상황에서 전에 했던 것처럼 구두를 거꾸로 신고 걷는 방법을 떠올려 보지 않은 것은 아니야. 하지만 세 사람의 발자국이 같은 방향으로 간 게 되니까 금방 속임수라는 것이 들통날 테니 그렇게 할 수가 없더군.

결국 위험을 각오하고서라도 절벽을 기어오를 수밖에 없다고 생각했지. 쉬운 일은 아니었어. 발밑에서는 폭포 소리가 계속해서 귀를 울려 댔는데, 그 심연 속에서 모리어티 교수가 나를 부르며 고함치는 것만 같아서 기분이 묘해지더군. 그뿐만 아니라, '아차' 하는 순간에 손에 잡힌 풀뿌리가 뽑히는가 하면 젖은 바위 모서리에 발이 미끄러지기도 해서 '이젠 끝장이구나.' 하는 생각을 한두 번 한 게 아니었네.

그래도 나는 버둥거리면서 끈질기게 기어 올라갔고, 마침내 깊이 2미터가량의 암반에 이르렀네. 그곳에 부드러운 이끼가 깔려 있어서 나는 아무에게도 들킬 염려 없이 편히 누워 있을 수 있었지. 자네들이 내가 죽은 걸로 생각하고 아래쪽만을 조사하고 있는 동안, 나는 거기서 쉬고 있었던 셈이야.

이윽고 자네들이 단념하고 호텔로 철수해 버리자, 나는 혼자 남았지. 이제 위험은 끝났구나 하고 생각하고 있는데, 갑자기 거대한 바위가 위에서 으르렁 소리를 내며 굴러 떨어지는 거야. 그 바위는 내 옆을 스쳐 지나 폭포 속으로 곤두박질치더군.

처음에 나는 그것이 우연한 일인 줄 알았네. 그런데 위를 쳐다보니 어두운 하늘을 등지고 서 있는 한 남자의 머리가 보이더군. 숨도 돌릴 틈 없이 두 번째 바윗돌이 내가 누워 있는 암반 위, 그러니까 내 머리에서 30센티미터도 떨어지지 않은 곳으로 굴러떨어졌어.

모리어티 교수는 혼자가 아니었던 거야. 교수와 내가 싸우고 있는 동안, 부하 한 사람이 멀리서 감시하고 있다가 교수가 죽고 나만 살아남은 걸 보았던 걸세. 그래서 그는 얼른 절벽 꼭대기에 올라가서 교수가 실패한 일을 자기가 성공시키려고 했던 거지.

이런 생각을 하는 데 시간이 그리 많이 걸린 건 아닐세. 그 끔찍한 얼굴이 절벽 위에 다시 나타났으니까. 그건 다음 바윗돌이 떨어진다는 예고였지. 나는 급하게 샛길을 향해 다시 기어 내려가기 시작했네. 오르는 것보다 100배는 더 어렵더구먼. 하지만 그런 걸 생각할 겨를이 없었어. 암반 모서리에 손을 걸고 매달린 순간, 다음 바윗돌이 휙 하고 아슬아슬하게 나를 스쳐 지나갔으니 말이야.

손이 온통 다 까지고 피투성이가 되었지만 간신히 샛길로 내려올 수 있었네. 그러고는 어둠 속에서 정신없이 달려 도망을 쳤지. 한 15킬로미터쯤 뛴 것 같더군. 그리고 거기서 일주일 뒤에 이탈리아의 피렌체에 도착했는데, 내가 어떻게 되었는지를 아는 사람이 하나도 없는 것 같더군.

나는 한 사람에게만 이 사실을 이야기했네. 바로 나의 형인 마이크로프트였지. 왓슨, 자네에겐 두고두고 용서를 빌어야 하겠지만, 그때는 사람들이 내가 죽었다고 믿어야 하는 상황이 절대적으로 필요했네. 3년을 지내는 동안 자네에게 편지를 쓰려고 펜을 든 게 한두 번이 아니지만, 자네가 나를 아끼는 나머지 비밀을 누설하는 실수를 저지를까 봐 그만두곤 했다네.

아까 자네가 내 책을 떨어뜨렸을 때 내가 얼른 도망간 것도, 그때 내가 위태로운 입장이었기 때문이야. 조금이라도 자네가 놀란 표정을 지으면 나의 정체가 드러나, 돌이킬 수 없는 결과를 불러올 수도 있었을 테니 말이야.

하지만 필요한 돈을 마련해야 했기 때문에 형 마이크로프트에겐 이야기하지 않을 수가 없었어. 런던에서의 사건 결과는 내가 원하던 방향으로 되지 않았어. 모리어티 일당의 재판 결과, 놈들 중에서 가장 위험하고 나에 대한 복수심이 강한 두 녀석이 석방되더군. 그래서 나는 2년간 티베트와 페르시아를 여행했네.

티베트의 수도인 라싸를 방문하여 라마교의 우두머리도 만나고 재미있는 시간을 보냈다네. 시겔손이라는 노르웨이 사람이 쓴 훌륭한 탐험 기사를 자네도 읽었겠지? 하지만 그 사람이 나였다는 사실은 짐작조차 하지 못했을 걸세.

그런 다음, 페르시아를 거쳐 메카를 방문하고, 하르툼의 카리프에서 회교 교주와 잠시 동안 흥미로운 접견을 하기도 했지. 이런 일들의 결과는 외교부에 알렸어. 그리고 잠시 프랑스에 머물렀는데, 남부 프랑스의 몽펠리에 있는 한 연구소에서 콜타르 유도체에 대한 연구를 몇 달 동안 했다네. 그곳에서 만족할 만한 결과를 얻은 다음, 런던으로 돌아오려는 참에 파크 레인 사건의 소식을 듣게 되어 서둘렀네. 이 사건은, 사건 자체에도 관심이 쏠렸지만 나와도 관련이 있다는 생각이 들었기 때문이야.

나는 즉시 런던으로 돌아와서 베이커 가로 향했고, 허드슨 부인을 깜짝 놀래 주었지. 예전의 보금자리는 마이크로프트 형의 도움으로 서류들을 포함해서 모든 것이 그대로 보존되어 있더군. 그리하여 오늘 오후 2시에 그리운 옛 방으로 돌아와서, 그리운 친구 왓슨이 낯익은 의자에 앉아 있었으면 하는 생각을 했었네."

나는 이 놀라운 이야기에 귀를 기울였다. 키 크고 깡마른 모습, 예리하고 민첩한 얼굴이 눈앞에 있지 않았다면 도저히 믿을 수 없는 일이었다. 내가 홈스를 잃고 얼마나 슬퍼했는지를 충분히 느꼈는지, 그는 말보다는 태도로 나에 대한 배려를 아낌없이 보여 주었다.

"슬픔에는 일이 가장 좋은 약이라는 것 알지? 그래서 지금부터 우리 둘이 할 일이 하나 있는데, 우리가 이 일에 성공한다면 우리가 지구상에 존재한다는 사실을 정당화할 수 있을 거라 믿네."

"좀 더 자세히 말해 주게."

"날이 새기 전에 실컷 보고 듣게 될 거야. 지난 3년간 쌓이고 쌓인 이야기가 있지 않은가. 9시 반까지는 그 이야기로 시간을 메우고, 그다음에는 그 '빈집'으로 모험을 떠나야 하네."

9시 30분이 되자, 나는 주머니에 권총을 넣고 예전처럼 홈스와 나란히 이륜마차에 앉았다. 홈스는 냉랭한 표정으로 묵묵히 앉아 있었지만, 나는 모험에 대한 기대 때문인지 정말로 옛날로 돌아간 느낌이었다.

맹수 사냥의 명수

가로등 불빛에 홈스의 냉정해 보이는 얼굴이 비칠 때마다 그가 이마를 찌푸린 채 입술을 굳게 다물고 있는 것이 언뜻언뜻 보였다. 그러한 그의 태도만으로도, 이번 사건이 꽤 긴장되는 모험임을 알 수 있었다.

범죄 도시 런던의 검은 밀림에서 어떤 맹수를 사냥하려는 것인지는 아직 나도 몰랐지만, 뛰어난 사냥꾼의 그런 태도로 보아 오늘 밤의 모험이 매우 중요한 일임을 충분히 짐작할 수 있었다. 그런데 수도자 같은 그의 얼굴에 때때로 떠오르는 쓸쓸한 미소가 오늘 밤의 모험에 그리 좋은 징조가 아닌 듯싶어 마음에 걸렸다.

나는 홈스의 하숙집이 있는 베이커 가로 가는 것이라고 생각했는데, 홈스는 캐번디시 광장 모퉁이에서 마차를 멈추게 했다. 마차에서 내릴 때 홈스는 매우 날카로운 눈초리로 좌우를 살피면서 세심하게 주의를 기울였다. 그 뒤에도 길모퉁이를 지날 때마다 뒤를 밟는 자가 없는지를 확인했다. 그래서인지 그를 따라서 걷는 일도 쉽지 않았다.

그뿐만 아니라, 가는 길도 참으로 생소했다. 런던의 샛길에 관한 홈스의 지식이 대단하다는 것을 이미 알고 있었으면서도, 내가 전혀 모르는 복잡한 골목길을 자신 있는 걸음걸이로 재빨리 누비며 걸어가는 모습은 실로 놀라웠다.

이윽고 낡고 음침한 집들이 즐비한 거리로 나오자, 홈스는 좁은 골목길을 재빨리 돌아들었다. 그러고는 나무 문을 지나 인기척이 없는 안뜰로 들어가 어떤 집의 뒷문을 열쇠로 열었다. 우리 두 사람이 안으로 들어간 다음 홈스는 문을 급히 잠갔다.

집 안은 암흑같이 캄캄했으나 빈집이라는 것을 알 수 있었다. 걸을 때마다 마룻바닥에서 삐걱거리는 소리가 났다. 앞으로 걸어 나갈 때마다 갈기갈기 찢어진 채 벽에 매달려 있는 벽지가 손에 닿곤 했다. 홈스는 차갑고 여윈 손으로 내 손목을 잡고 기다란 복도로 나를 이끌었다. 이윽고 문 위의 채광창이 희미하게 보였다.

여기서 홈스가 갑자기 오른쪽으로 방향을 틀자, 우리는 커다랗고 네모진 방에 들어섰다. 구석은 캄캄했지만, 가운데는 거리에서 빛이 어렴풋하게 비쳐 들어오고 있었다. 하지만 서로의 얼굴을 분간하기도 어려울 정도로 어두웠다. 홈스는 내 어깨 위에 손을 대고 입을 귓가에 갖다 댔다.

"이곳이 어딘지 알겠나?"

나는 어두운 창문 너머를 내다보며 대답했다.

"틀림없이 베이커 가인데……."

"맞네. 우리는 옛날 그 집의 건너편에 있는 캠든 하우스에 와 있네."

"아니, 그런데 왜 이곳으로 왔지?"

"건너편 건물을 마음껏 바라볼 수 있기 때문이야. 왓슨, 수고스럽겠지만 밖에서 보이지 않게끔 조심하면서 조금 더 창문 가까이로 다가서게. 그리고 우리의 옛날 그 방을 살펴보게. 자네 상상력의 출발점인 그 방을 말이야. 내가 이곳에 없던 3년 동안에 자네를 놀라게 하던 내 힘이 얼마나 남아 있는지 알아보는 것도 재미있지 않겠는가."

나는 기다시피 해서 앞으로 나가 그리운 옛집의 창문 언저리를 쳐다보다가, 시선이 방에 닿는 순간 숨이 막힐 정도로 놀라서 낮게 비명을 질렀다.

차양이 내려져 있었지만, 전등이 켜진 방 안은 대낮처럼 밝았다. 그리고 의자에 앉아 있는 남자의 모습이 검은 그림자가 되어 하얗고 밝은 차양에 또렷하게 비쳤다. 고개의 움직임이라든가, 어깨를 치켜드는 것이라든가, 코가 커다란 옆모습 등이 홈스와 너무나도 똑같았다. 나는 너무나 놀란 나머지 손을 뻗어 진짜 홈스가 옆에 서 있는가를 확인했을 정도였다.

홈스는 웃음을 억누르느라고 몸을 비틀고 있었다.

"어떤가?"

"참으로 놀랍군."

홈스가 자랑스럽게 말했다.

"나하고 무척 닮았지, 응?"

"바로 자네 자신이야."

"밀랍으로 만든 인형이라네. 오늘 오후 베이커 가의 집으로 돌아와서 앉혀 놓았지."

"아니, 뭐 때문에?"

"왓슨. 그건……, 내가 실은 바깥에 있으면서도 안에 있는 것처럼 보이게 하기 위해서야."

"그 방을 감시하는 사람이 있다는 말인가?"

"확실히 있네."

"누가 감시하지?"

"옛날의 적들이야. 왓슨, 놈들은 내가 살아 있다는 걸 알고 있네. 그래서 놈들은 내가 조만간 베이커 가의 집으로 돌아오리라고 생각했던 모양이야. 항상 집을 감시하고 있다가 오늘 아침에 내가 도착한 걸 보았다네."

"어떻게 알았지?"

"창에서 내려다보니까 내가 얼굴을 알고 있는 녀석이 내 방을 쳐다보고 있더군. 파커라는 노상강도인데, 그다지 흉포하지는 않은 녀석이야. 유태 거문고의 명수지. 하지만 그 녀석뿐이라면 신경 쓰지 않았을 거야. 신경 쓰이는 건 뒤에 있는 훨씬 무서운 자들이라네. 그놈들 중에는 모리어티 교수의 수제자이며, 절벽에서 나에게 바윗돌을 굴려 떨어뜨린 놈도 있어. 런던에서 손꼽히는 위험한 범죄자지. 왓슨, 그 녀석은 오늘 밤 내 뒤를 밟고 있지만, 거꾸로 우리가 자기 뒤를 밟고 있다는 걸 모르고 있어."

홈스의 계획이 차츰 이해되었다. 자기를 감시하고 있는 자를 미끼로 해서 우리가 사냥꾼이 되는 것이었다. 우리는 어둠 속에 말없이 서서 부산하게 지나다니는 사람들을 지켜보았다.

홈스는 꼼짝도 하지 않았다. 몹시 궂은 날씨여서 거센 바람이 비명을 지르며 거리로 몰아치고 있었다. 길을 지나가는 사람들은 대개가 목도리와 옷깃으로 목을 감싸고 있었다. 그들 중에서 같은 사람이 한두 번 왔다 갔다 하는 것을 본 듯했다. 특히 조금 떨어진 곳에 있는 집의 입구에서 바람을 피하고 있는 듯한 두 남자가 눈에 띄었다.

홈스에게 그 사실을 알려 주려고 했으나, 그는 안타깝다는 듯이 조그맣게 소리를 지르며 여전히 길거리를 내다보고만 있었다. 때때로 서성거리며 손가락으로 벽을 두드리는 것으로 보아, 생각대로 일이 풀리지 않자 조금씩 불안해지는 모양이었다.

드디어 한밤중이 되었고, 거리에는 차츰 인적이 끊어지기 시작했다. 불안감을 이기지 못한 홈스는 끊임없이 실내를 이리저리 거닐었다. 나는 홈스에게 말을 걸어야겠다고 생각하며 건너편 밝은 창문을 힐끗 쳐다보았는데, 놀랍게도 그 순간에 홈스의 그림자가 움직이는 것이었다. 나는 홈스의 팔을 붙잡고 위를 가리켰다.

"아니, 그림자가 움직이잖나?"

어느 사이엔가 옆얼굴이 아니라 등이 우리 쪽을 향하고 있었다.

"움직이고말고. 왓슨, 유럽에서 으뜸가는 악한을 속이는 일인데, 이 셜록 홈스가 한눈에도 알아볼 수 있는 그렇게 허술한 허수아비를 세워 뒀겠는가? 우리가 이 방에 온 지 두 시간이 지났고, 그 사이에 허드슨 부인이 여덟 번이나, 즉 15분마다 저 인형을 움직여 주고 있다네. 자기 그림자는 비치지 않도록 하면서 말이야. 앗!"

홈스는 흥분한 듯이 갑자기 날카롭게 소리를 지르더니, 이내 숨을 죽였다. 머리를 내밀고 온몸이 굳어진 채 신경을 곤두세우는 모습이 어슴푸레한 불빛 아래에서도 확연하게 드러났다. 아까의 두 사람이 아직도 남의 집 입구에 웅크리고 서 있는지 내게는 보이지 않았다.

주위는 고요하고 어두웠다. 다만 건너편 집 창문의 차양만이 밝은 불빛 속에 서 있는 사람의 검은 그림자를 뚜렷이 드러내며 빛을 발하고 있었다.

완전한 정적 속에서 숨을 들이마시는 나지막한 소리가 들렸다. 그것은 홈스가 격한 흥분을 가라앉히느라고 낸 소리였다. 다음 순간, 홈스는 가장 캄캄한 방구석으로 날 끌어당기더니, 한쪽 손을 내 입술에 대며 소리를 지르지 못하게 했다. 나를 붙든 그의 손이 몹시 떨리고 있었다. 홈스가 그렇게까지 신경을 곤두세우는 모습을 보는 건 처음이었다. 눈앞의 어두운 골목길에는 인기척도 없고, 아무런 움직임도 없었는데…….

그런데 그때 문득, 나도 홈스가 알아차린 것을 깨달았다. 아주 낮은 목소리가 들려왔는데, 그 소리는 베이커 가 쪽에서가 아니라 우리가 숨어 있는 이 집 뒤편에서 나는 것이었다. 그러더니 문이 열리고 닫혔다. 그리고 이어서 조심스럽게 복도를 걸어오는 소리가 들렸다. 아무리 소리를 내지 않으려고 해도, 빈집 속에서 울려 퍼지는 소리라 어쩔 수 없이 점점 크게 퍼졌다.

홈스는 벽을 등지고 몸을 움츠리며 권총을 거머쥐었다. 나도 그의 행동을 따라 했다. 어둠 속을 찬찬히 바라보고 있으려니까, 열린 문의 어둠 속으로 괴한의 검은 그림자가 희미하게 떠올랐다. 그는 잠시 멈췄다가 이윽고 몸을 낮추고는 경계하는 자세로 방 안으로 한 발 한 발 들어왔다.

이 그림자가 3미터 앞까지 다가오자 나는 방어 태세를 갖추었지만, 곧 나는 괴한이 우리를 아직 눈치채지 못했다는 것을 알 수 있었다.

괴한은 우리 두 사람의 옆을 지나 창가로 살며시 다가서더니, 소리도 내지 않고 창문을 15센티미터가량 밀어 올렸다. 창문이 열린 곳에서 놈이 몸을 움츠리자, 거리의 불빛이 먼지투성이 유리에 방해받지 않고 정통으로 괴한의 얼굴을 비추었다.

괴한은 몹시 흥분하고 있는 것 같았다. 두 눈은 반짝반짝 빛이 났으며 얼굴에는 꿈틀꿈틀 경련이 일어나고 있었다. 그는 코가 높이 솟은 뼈만 앙상한 얼굴에 이마가 벗겨졌고, 굵은 백발이 섞인 콧수염을 기른 중년 남자였다. 오페라 모자를 눌러쓰고 있었으며, 앞을 열어 놓은 외투 밑으로 가슴의 야회복 셔츠가 하얗게 드러났다. 바짝 마른 얼굴은 거무스름한 데다 주름이 깊게 팬 탓인지 몹시 잔인해 보이는 인상이었다.

손에는 지팡이 같은 것을 들고 있었는데, 마룻바닥에 내려놓으니까 금속성의 소리가 났다. 괴한은 외투 호주머니에서 큼직한 물건을 꺼내어 만지작거렸다. 용수철이나 나사못이 끼워졌을 때처럼 찰칵 하는 날카로운 소리가 났다. 그 일이 끝났는지, 다음엔 마룻바닥에 무릎을 꿇고 몸을 앞으로 기울였다. 그리고 지렛대 같은 것에 힘을 주어 무엇인가를 끽끽 문지르는 소리가 났다. 찰칵하는 소리가 힘차게 난 것과 동시에 그 일이 끝난 모양이었다.

  그리고 괴한은 이상하게 보기 흉한 개머리판이 붙은 총신 같은 것 속에 무엇인가를 집어넣고는 마개를 찰칵하고 막았다. 그리고 웅크린 채 총신 끝을 열린 창턱에 걸었다. 과녁을 노리는 눈초리가 날카롭게 번뜩였다. 개머리판을 어깨에 대고 저 앞의 노란 차양에 비친 사람 그림자를 보면서 만족스러운 듯이 한숨을 내쉬었다. 그가 노리고 있는 것은, 놀랍게도 맞은편 창문에 비치고 있는 홈스의 검은 그림자였다.

  잠시 괴한은 굳은 듯이 꼼짝도 하지 않았다. 그러다가 방아쇠를 잡은 손가락에 힘을 주었다. '윗' 하는 소리가 들린 다음 유리창이 깨지는 소리가 길게 울려 퍼졌다. 그 순간, 홈스는 비호처럼 괴한의 등을 공격하여 쓰러뜨렸다. 괴한은 곧 일어나더니 필사적으로 덤벼들어 홈스의 멱살을 움켜잡았다. 하지만 내가 권총의 손잡이로 뒤통수를 내리치자 다시 마룻바닥으로 나가 떨어지면서 기절해 버렸다. 나는 괴한을 덮쳐서 꼼짝하지 못하게 했고, 홈스는 호루라기를 세게 불었다.

호루라기 소리가 나자마자 구둣발 소리가 쿵쿵쿵 나더니 제복 경관 두 명과 사복형사 한 명이 현관문을 통해 방으로 뛰어 들어왔다.

"레스트레이드 경감이오?"

"네, 홈스 씨. 이 사건은 제가 맡았습니다. 런던에서 다시 뵙게 되어 반갑습니다."

"나는 숨어서 경찰을 도와줄 필요가 있다고 생각했소. 한 해에 미궁에 빠진 살인 사건이 세 건이나 생기면 참으로 난감하지요. 당신은 몰세이 사건을 당신답지 않게……, 아니 훌륭하게 처리했소."

괴한은 양팔을 우람한 두 경관에게 잡힌 채 숨을 몹시 헐떡이고 있었다. 거리에는 벌써 구경꾼이 모여들기 시작했다. 홈스는 창가로 다가가서 창문을 닫고 차양을 내렸다. 레스트레이드 경감은 양초 두 자루를 꺼내어 불을 켰고, 경관들은 칸델라의 덮개를 벗겼다. 그제야 나는 겨우 괴한의 얼굴을 찬찬히 들여다볼 수 있었다.

우리를 노려보는 괴한의 얼굴은 무척 강한 인상이었는데, 역시 악의로 가득 차 있었다. 옳든 그르든 간에 뭔가 큰일을 할 얼굴이었다. 그렇지만 싸늘한 푸른 눈, 매부리코, 주름이 깊게 팬 도전적인 이마 등을 보면 누구나 위험인물임을 직감할 만한 인상이었다.

괴한은 증오와 놀라움이 섞인 표정으로 홈스를 노려보며 외쳤다.

"이 교활한 악마 같으니라고!"

홈스는 구겨진 칼라를 고치며 대꾸했다.

"어이, 대령! 이렇게 만나는 건, 스위스의 폭포에서 암반에 누워 바윗돌 선물을 받은 뒤로 처음인 것 같구먼."

대령이라 불린 괴한은 어이없다는 듯이 홈스의 얼굴을 쳐다보며 계속 악마라고 중얼거렸다.

홈스가 사람들에게 말했다.

"아직 소개하지 못했군요. 여러분, 이 양반으로 말할 것 같으면 대영 제국의 인도 육군에 있었던 그 유명한 서배스천 모런 대령입니다. 맹수 사냥에 있어서는 세계 최고의 명수랍니다. 대령, 당신이 잡은 호랑이 수를 능가하는 사람은 없을 거요."

모런 대령은 입을 꼭 다문 채 홈스를 노려보았다. 사나운 눈초리하며, 빳빳한 코밑수염하며……, 괴한의 모습이야말로 호랑이 같았다.

홈스가 말했다.

"당신처럼 빈틈없는 사냥꾼이 이렇게 간단한 계략에 걸려들다니 이상한 일이오. 당신도 잘 알 텐데. 나무 밑에 새끼 양을 매어 놓고, 호랑이가 미끼에게 덤벼들기를 기다리는 계략 말이오. 말하자면, 이 빈집이 나무이고 당신은 호랑이인 셈이지. 그런 경우에 당신은 호랑이가 동시에 여러 마리 나타나거나, 그럴 가능성은 적지만 호랑이를 맞추지 못했을 때를 대비해 예비로 다른 총을 준비했겠지? 이들이……."

홈스가 우리를 가리키며 말했다.

"내 예비 총이었소. 당신이 호랑이 사냥 때 준비한 예비 총과 이 사람들의 역할이 같은 것이지."

모런 대령이 으르렁거리며 홈스에게 덤비려고 하자, 두 경관이 막았다.

홈스는 계속해서 말했다.

"솔직하게 말해서 한 가지 놀란 것이 있소. 당신까지 이 빈집을 이용하리라고는 예상하지 못했거든. 거리에서 쏠 거라고 생각하고서 레스트레이드 경감과 부하들에게 망을 보게 했는데……. 하지만 당신이 이곳에 들어온 것 외에는 모든 것이 내 예상대로 된 셈이오."

모런 대령이 레스트레이드 경감 쪽을 향해 말했다.

"내가 체포될 정당한 이유가 있는지는 몰라도, 그렇더라도 이 사람한테 조롱당할 이유는 없지 않소? 내가 법망에 걸려들었다면 모든 걸 법대로 처리해 주시오."

레스트레이드 경감이 말했다.

"옳은 말씀이오. 그럼, 가 봅시다. 홈스 씨, 하실 말씀이라도?"

홈스는 마루에서 고성능 공기총을 집어 들고 그 구조를 살피고 있었다.

"무서운 무기야. 소리도 나지 않고 성능 또한 기막히겠군. 나도 알고 있는 '폰 헤르더'라는 독일의 장님 기사에게 모리어티 교수가 주문하여 만들게 한 총이지. 이런 것이 있다는 소문은 전부터 들어 알고 있었지만, 만져 보는 건 처음이군. 레스트레이드 경감, 조심해서 맡아 주시오. 그리고 이 특제 탄환도."

"잘 보관할 테니 염려 마십시오."

레스트레이드 경감 일행은 방문 쪽으로 가면서 모런 대령에게 말했다.

"할 말이 있소?"

"그런데 무슨 혐의로 이러는 거요? 그것만은 듣고 싶소."

"무슨 혐의냐고? 그야 물론 셜록 홈스에 대한 살인 미수 혐의요."

홈스가 끼어들었다.

"그건 안 돼요. 레스트레이드 경감, 난 이 사건에 전혀 얼굴을 드러내고 싶지 않소. 이 멋진 체포는 당신이 해냈으니까, 모든 공(功)은 당신 것이오. 그렇고말고. 레스트레이드 경감, 축하하오. 늘 그렇지만 멋지고 대담한 체포 솜씨였소. 이 사나이가 바로 그 수수께끼 사건의 범인이란 말이오."

"수수께끼 사건의 범인이라니? 누구 말입니까, 홈스 씨?"

"경찰이 온 힘을 다 기울였는데도 붙잡지 못한 사람 말이오. 지난달 30일, 파크 레인 가 427번지 3층의 열린 창을 통해 공기총으로 리볼버 탄을 쏘아 로널드 어데어 경을 살해한 범인, 서배스천 모런 대령을 말하는 거요. 그것이 이 사람을 체포한 이유요, 레스트레이드 경감.

그럼, 왓슨! 부서진 창틈으로 스미는 바람을 참을 수 있다면, 내 서재에 가서 여송연을 피우며 30분쯤 재미있고 유익한 이야기를 나누도록 하세."

모리어티 교수

우리가 예전에 살던 방은 홈스의 형 마이크로프트 홈스의 부탁으로 하숙집 주인인 허드슨 부인이 관리하고 있었으므로, 예전과 조금도 달라진 것이 없었다. 방에 들어선 순간, 지나치게 정리되었다는 느낌이 들기는 했지만 중요한 것은 모두 옛날 그 자리에 그대로 있었다.

한구석에는 화학 실험용 도구와 산(酸)으로 더러워진 판자 탁자가 있었고, 선반에는 런던의 범죄자들이 태워 버리고 싶어 하는 스크랩과 참고 자료가 나란히 놓여 있었다. 그리고 도표와 바이올린 상자, 파이프 담배 걸이, 담배를 넣은 페르시아 슬리퍼까지 모두 그대로였다.

방에는 두 사람이 있었다. 한 사람은 허드슨 부인이었는데, 우리가 들어가니까 미소를 지으며 반갑게 맞이해 주었다. 또 한 사람은 바로 이날 밤의 모험에서 가장 중요한 역할을 맡은, 기묘한 밀랍 인형이었다. 홈스에게 맞추어 만든 인형으로, 홈스와 꼭 닮아 있었다.

조그만 탁자를 받침대 삼아 그 위에 세워진 인형은 홈스의 낡은 옷을 입고 있었는데, 길에서 봐도 홈스로 볼 정도로 비슷했다.

홈스가 말했다.

"허드슨 부인, 내 말대로 잘해 주셨어요."

"말씀대로 인형 옆에 다가갈 때는 무릎을 꿇고 기어갔어요."

"고맙습니다, 참 잘해 주셨어요. 총알은 어디에 박혔는지
보셨습니까?"

"네, 이 훌륭한 인형을 망가뜨렸더군요. 머리를 관통하고
벽에 부딪쳐 납작해졌어요. 카펫 위에서 주웠지요. 바로 이겁
니다."

홈스는 총알을 받아서 내게 보여 주었다.

"하, 보다시피 권총용 리볼버 탄이야. 참으로 천재적인 발
상이로군. 공기총에서 이런 게 튀어나오리라고는 아무도 생
각지 못할 테니까. 허드슨 부인, 정말로 큰 도움을 주셨습니
다. 자, 왓슨. 예전처럼 그 의자에 걸터앉게. 자네에게 할 이
야기가 몇 가지 있으니까."

홈스는 낡은 프록코트를 벗고, 인형에게 입혔던 가운을 걸
치고서 예전과 같은 모습으로 돌아갔다.

"모런 대령은 신경이 예리한 것이나 눈이 날카로운 것이나
모두 예전대로야."

홈스는 부서진 자기 인형의 이마를 찬찬히 바라보며 웃으
면서 말했다.

"후두부의 한가운데를 명중하여 꿰뚫었어. 인도에서 으뜸
가는 명사수였는데, 런던에서도 그를 이길 사람이 그다지 많

지 않을걸. 이름을 들어 본 적이 있나?"

"없네."

"명성이란 허망한 거야. 내 기억이 틀림없다면, 금세기 최
고의 범죄자인 모리어티 교수의 이름도 자넨 그때 처음으로
들었다고 했지. 선반에서 내가 만든 범죄자 사전 좀 내려다
주게."

홈스는 의자에 등을 기대고 앉아 구름 같은 담배 연기를 내
뿜으며 책장을 넘겼다.

"여기 'M' 항목은 정말 대단하지. 모리어티만으로도 화려
한데, 독사 같은 모건이 있고, 생각만으로도 기분이 나빠지는
메리듀까지 있어. 게다가 채링크로스 역 대합실에서 내 왼쪽
송곳니를 부러뜨린 매츄스까지! 거기에다 오늘 밤의 서배스
천 모런을 추가하면 정말 굉장해."

나는 홈스가 넘겨준 인명록을 훑어보았다.

"서배스천 모런, 퇴역 육군 대령. 본래는 인도 제1공병대
소속. 아버지는 전 페르시아 공사인 준남작 오거스터스 모런.
이튼 고교와 옥스퍼드 대학 출신. 인도의 전쟁에서 공을 세
움. 저서 '서부 히말라야의 맹수 사냥', '밀림의 3개월'. 주소
컨듀잇 가. 소속 클럽은 앵글로 인디언 클럽, 탱커빌 클럽, 바
가텔 카드 클럽."

빈칸에는 홈스의 필적으로 '런던 제2의 위험인물'이라고
적혀 있었다.

나는 책을 홈스에게 돌려주면서 말했다.

"이건 놀라운데. 명예로운 군인의 경력이 아닌가?"

"맞아. 어느 시기까지는 올바르게 살아왔지. 무쇠처럼 강
한 심장의 소유자로서, 부상당한 식인 호랑이를 추적하다 도
랑에 빠진 이야기는 지금도 인도에서 화젯거리라네. 왓슨, 어
느 높이까지 곧게 자라다가 갑자기 보기 싫게 가지를 뻗는 나
무가 있잖나, 응? 인간에게서도 그런 걸 종종 볼 수 있지.

원인이야 어찌됐건 모런 대령은 갑자기 나쁜 쪽으로 내달
은 거야. 눈에 띄는 사건을 저지르지는 않았지만, 점점 인도
에서 지내는 것이 어렵게 되었지. 퇴역하고 런던으로 돌아왔
는데, 여기에서 악명을 떨치게 되었다네. 그때 모리어티 교수
에게 발탁되어 한동안 참모 역할을 했어. 모리어티는 모런에
게 돈을 아끼지 않고 주면서 보통 범죄자가 감당치 못하는 최
고급의 일에만 이용했네.

1887년에 로더의 스튜어트 부인이 죽은 사건을 기억하나?
못한다고? 그것도 틀림없이 모런이 한 짓이었지만, 도저히
확증을 잡을 수가 없었네. 하도 교묘하게 뒤에 숨어 있었기
때문이지. 모리어티 일당이 송두리째 법망에 걸렸을 때도 그

대령만은 유죄로 만들지 못했다네.

　그 무렵 내가 자네 집을 찾아갔을 때, 그 공기총이 두려워 차양을 내리게 한 것을 기억할 거야. 자넨 내가 지나치게 신경이 예민하다고 생각했을지 몰라도, 나로서는 그럴 만한 이유가 있어서 그랬던 걸세. 나는 그 무서운 총의 존재와, 또 세계에서 손꼽히는 명사수가 그 총을 쥐고 있는 걸 알고 있었기 때문이야. 우리 둘이 스위스에 갔을 적에도 모런은 모리어티와 함께 나를 쫓고 있었고, 그 아슬아슬한 암반 위에서 공포의 5분간을 맛보게 해 준 것도 바로 그 모런이라고 생각하면 틀림없을 거야.

　나는 프랑스에 머물고 있을 때도, 어떻게 하면 그를 감옥에 보낼 수 있을까 하고 정신을 바짝 차리고서 신문을 읽곤 했지. 그가 런던에서 판을 치고 돌아다니는 한, 나로서는 마음을 놓을 수가 없으니 말이야. 밤이나 낮이나 그의 그림자에 위협을 받다가 언젠가는 당하고 말 거라고 생각했다네. 그렇다고 그를 발견하자마자 쏘아 죽일 수도 없는 노릇이지 않나. 그렇게 했다가는 오히려 내가 피고석에 서야 할 테니. 확실한 증거가 없으니까, 법에 호소해도 소용없는 일일 테고……. 그래서 언젠가 때가 오면 내 손으로 잡는 수밖에 없다고 믿고 있었네.

그때 바로 로널드 어데어 경 사건이 터진 거야. 나는 그걸 기회로 보았지. 내가 알고 있는 정보만으로도 모런 대령의 짓이라는 걸 확실히 알겠더군. 대령은 어데어 경과 트럼프를 했고, 클럽에서 집까지 어데어 경을 미행한 거야. 그리고 창문 사이로 어데어 경을 쏜 것이지. 증거품인 탄환만으로도 그를 교수대로 보낼 수 있다는 확신이 있었네.

그래서 나는 곧바로 돌아왔다네. 그런데 모런의 부하가 나를 찾아내어 모런에게 보고할 것은 불을 보듯 뻔한 일이지 않은가. 또 내가 갑자기 돌아온 것을 대령이 알면, 자기 범죄가 드러날 위험이 있으니까 나를 제거하려고 서두를 것도 분명하고 말이야. 그래서 창가에 알맞은 표적을 만들어 놓은 다음, 경찰에는 내가 도움을 받을 일이 생길지도 모른다고 말해 두었지.

그런데 왓슨, 자네는 그 문에 있던 경관들을 알아보는 것 같더군. 나는 감시하기 좋은 장소에 진을 칠 셈이었는데, 상대가 같은 장소를 공격에 이용하리라고는 꿈에도 생각지 못했어. 자, 왓슨. 아직도 더 설명해야 할 것이 있는가?”

“있지. 모런 대령이 로널드 어데어 경을 죽인 동기를 설명해 주지 않았네.”

“아아, 왓슨. 그 동기는 지금까지 알려진 사실에서 추리할 수 있을 뿐이야. 지금까지 알려진 사실을 설명하는 건 어렵지 않다네. 모런 대령과 어데어 경이 한편이 되어 상당한 돈을 땄다는 것이 증언에 나와 있지 않나. 그런데 틀림없이 모런이 속임수를 썼을 거야.

사건 당일, 어데어 경이 모런의 속임수를 알아차린 것 같아. 어데어 경은 모런에게 요란 떨지 말고 살짝 그 클럽에서 탈퇴하고, 다시는 속임수를 쓰지 않겠다는 약속을 하라고 했을 거야. 그렇지 않으면 모두 불어 버리겠다고 모런에게 강경하게 말했겠지. 어데어 경 같은 젊은이가 나이 많은 유명 인사에게 비밀을 폭로하여 사회에서 매장하겠다고 하는 건 쉬운 일이 아니지만, 어데어 경이라면 모런에게 심한 말을 했을지도 모르지. 하지만 사기 트럼프의 수입으로 살고 있는 모런으로서는 클럽에서 쫓겨나면 당장 망하게 되니까 앙심을 품었을 거야. 그래서 어데어 경을 죽였고, 그때 그 청년은 자기 편의 속임수로 이득을 볼 수는 없어서 자기가 물어 줄 금액을 계산하고 있었던 것 같아. 열쇠를 채운 건 어머니나 누이동생이 캐물을까 봐 그랬을 거야. 대강 그렇게 된 게 아닐까?"

"일리 있는 추리라는 생각이 드는군."

"맞는지 안 맞는지는 재판에서 밝혀지겠지. 어느 쪽이든 이제 모런 대령이 우리를 괴롭힐 일은 없을 것이고, 폰 헤르더의 유명한 공기총은 런던 경시청의 박물관을 장식하게 될 것이네.

그리고 셜록 홈스는 다시 자유를 맘껏 누리면서 런던에서 일어나는 온갖 사건을 연구하고, 흥미 있는 사건의 수사 현장을 바쁘게 돌아다닐 수 있게 되었지."

셜록 홈스 단편선

◆ **작품 소개**

　　아서 코넌 도일의 단편 추리 소설

1893년 발표. 셜록 홈스는 100년이 넘도록 전 세계에서 가장 사랑받고 있는 명탐정이다. 에드거 앨런 포가 창시한 추리소설은 아서 코넌 도일이 셜록 홈스를 창조하면서 완성되었다고 할 수 있는데, 셜록 홈스 시리즈는 추리소설의 바이블이라고 말해도 과언이 아니다. '머스그레이브가의 의식문 사건'은 단편집인 〈셜록 홈스의 회상(The Memoirs of Sherlock Holmes)〉에 수록되어 있는데, 이 단편집에 실린 작품 중에는 연도순으로 〈글로리아 스콧호〉 다음인 두 번째 작품이다. 그렇지만 '머스그레이브가의 의식문 사건'은 사실상 홈스의 첫 번째 사건이고, 홈스가 왓슨 의사를 만나기 전에 일어난 사건이라 왓슨에게 이야기를 들려주는 식으로 진행된다. 홈스는 머스그레이브 가문의 성년식에 쓰이는 옛 의식문의 암호를 풀어내서 사건을 해결하는데, 〈글로리아 스콧호〉에서 보여 준 홈스의 암호 해독 능력이 이 사건에서도 유감없이 발휘되었다.

◆ **줄거리**

홈스의 동창인 레지널드는 영국에서 매우 유서 깊은 집안의 자손이다. 그리고 그의 헐스톤 저택에는 유능하지만 바람둥이여서 하녀 레이철과 약혼했다가 파혼을 한 집사 브런튼이 있었다. 어느 날 밤, 레지널드는 브런튼이 서재에서 지도처럼 보이는 종이를 펼쳐 놓고 머스그레이브 집안에 내려오는 의식문을 훔쳐보는 것을 발견한다. 레지널드는 브런튼을 즉시 해고하려 하지만 브런튼이 1주일간 말미를 달라고 하여 들어준다. 그런데 3일 뒤 아침부터 브런튼이 보이지 않고, 레이철은 정신 이상을 일으킨다. 또 그 3일 뒤에는 레이철까지 사라져, 연못을 수색하고 자루 속에 든 낡은 쇠붙이 따위를 발견한다. 경찰도 두 사람을 찾지 못하자 홈스가 그 저택을 방문하게 되었고, 홈스는 그 의식문이 보물이 숨겨진 장소를 가리킨다는 것을 알아낸다. 그 결과 무거운 돌로 덮인 지하실을 찾았는데, 거기서 브런튼의 시체를 발견한다. 브런튼도 그 보물을 찾아 나서다 죽음을 당한 것이다. 홈스는 아마도 브런튼이 무거운 돌 뚜껑을 들지 못해 레이철에게 도움을 청했고, 브런튼에게 상처 받은 레이철이 보물만 건네받고 뚜껑을 덮어 브런튼을 지하실에 가뒀을 거라고 추측한다. 그 자루 속에 있던 낡은 쇠붙이 따위가 왕정복고가 끝나면서 숨겨진 찰스 1세의 왕관과 보물들이었던 것이다.

◆ **등장인물 소개**

셜록 홈스_ 런던에서 으뜸가는 사립 탐정이다. 키가 크고 마른 체형이며, 천재적인 두뇌와 굽힐 줄 모르는 의지를 가졌다. 친구인 왓슨조차도 알아보지 못할 정도로 변장술과 연기력이 뛰어나며, 특유의 예리한 관찰력과 정확한 판단력 그리고 사물을 꿰뚫어 보는 추리력으로 복잡한 사건을 명쾌하게 해결한다. 그러나 늘 뒤에서 돕는 것만으로 만족하고, 공적은 경시청의 경감이나 형사들에게 돌린다.

존 H. 왓슨_ 직업은 의사이며, 홈스의 가장 가까운 친구이자 조수이다. 늘 그림자처럼 홈스를 따라다니며 홈스의 활약상을 기록한다. 번번이 홈스의 뛰어난 추리력에 감탄하는데, 가끔 홈스가 생각하지 못한 것을 일깨워 주기도 한다.

◆ 들어가기

아서 코넌 도일이라는 작가는 잘 몰라도 '셜록 홈스'라는 작중인물을 모르는 사람은 거의 없다시피 하다. 그만큼 홈스는 독자들의 뇌리에 깊이 새겨 있는 인물이다. 문학 작품에 등장하는 작중인물 중에서 천재적인 두뇌와 냉철한 이성, 완벽한 추리력과 정확한 판단으로 미궁에 빠진 의문의 사건을 해결하는 명탐정 셜록 홈스만큼 아마 두고두고 머릿속에 남아 있는 인물도 찾아보기 어려울 것이다. 탐정의 대명사라고 할 홈스는 세계에서 가장 유명하고 가장 위대한 명탐정으로 꼽힌다. 홈스를 열광적으로 좋아하는 팬이거나 그를 연구하는 학자를 영국에서는 '홈지언(Holmesian)'이라고 부르고, 미국에서는 '셜로키언(Sherlockian)'이라고 부른다. 이처럼 서양과 동양을 굳이 가르지 않고 셜록 홈스는 대중문화 분야에서 그야말로 엄청난 인기를 끌고 있다.

　셜록 홈스의 그늘에 가려서 그러하지 이 인물을 창조해 낸 작가 아서 코넌 도일(1859~1930)도 그 못지않게 유명한 사람이다. 성공적인 극작가이자 시인, 정치부 기자, 종군 기자, 안과 의사, 역사가, 탐정, 과학자, 몽상가, 예언자, 영혼불멸을 주장한 심령주의자 등 여러 분야에 걸쳐 활약한 팔방미인이었다. 스코틀랜드에서 태어난 도일은 런던에서는 잠깐밖에는 살지 않았는데도 빅토리아 시대 런던의 문인 중에서도 가장 유명한 인물 가운데 한 명으로 꼽힌다.

《셜록 홈스의 모험》(1892)은 아서 코넌 도일이 집필한 열두 편의 추리 단편 소설을 수록한 책이다. 그의 추리 단편집으로는 이 책이 처음이다. 각각의 단편 소설은 1891년 7월부터 이듬해 6월까지 〈스트랜드 매거진〉에 발표했다가 같은 해 단행본으로 출간하였다. 이 책에 수록된 단편 소설로는 〈보헤미아 왕국의 스캔들〉을 비롯하여 〈붉은머리 연맹〉, 〈신랑의 정체〉, 〈보스콤 계곡의 비밀〉, 〈다섯 개의 오렌지 씨앗〉, 〈입술이 뒤틀린 사나이〉, 〈너도밤나무 집〉 등이다.

한편 아서 코넌 도일이 자신의 작품 중에서 최고의 걸작이라고 극찬한 작품 중에는 〈머스그레이브가의 의식문 사건〉, 〈두 번째 얼룩〉, 〈라이게이트의 지주들〉 등이 있다. 이 밖에도 〈두 번째 핏자국〉, 〈프라이어리 학교의 수수께끼 사건〉, 〈도둑맞은 시험 문제〉, 〈빈집의 모험〉 등도 그의 대표작으로 꼽을 만하다.

도일은 모두 56편에 이르는 추리 단편 소설을 집필하였다.

◆ 도일 작품의 배경과 내용

아서 코넌 도일이 추리소설 작가가 된 데에는 19세기 미국 작가 에드거 앨런 포의 영향이 무척 컸다. 어린 시절부터 포의 작품을 즐겨 읽은 도일은 포의 작품에 등장하는 명탐정 뒤팽에 깊은 관심을 기울였다. 뒷날 도일은 뒤팽을 염두에 두고 있다가, 그의 스승 조지프 벨 박사를 모델로 명탐정 셜록 홈스를 창조하였다.

그러나 같은 명탐정이라도 셜록 홈스는 뒤팽과는 조금 다르다. 무엇보다도 뒤팽이 프랑스의 명탐정이라면 셜록 홈스는 영국의 명탐정이다. 홈스는 19세기 말에서 20세기 초엽 영국을 무대로 활약하는 가상의 명탐정이다. 홈스는 독자들로부터 무척 많은 사랑을 받았지만 도일은 이 인물에 싫증을 느낀 적도 있었다. 무엇보다도 이 명탐정 때문에 자신이 출간한 다른 작품들이 주목을 받지 못한다고 생각했기 때문이다. 도일은 자신의 작품 가운데에서 가장 훌륭한 심령 현상의 진실과 사자(死者)와의 교신을 증명하는 책이라 믿고 이 작업에 마지막 생애를 바쳤다.

그래서 〈마지막 사건〉이라는 단편 소설에서는 셜록 홈스가 사망한 것으로 묘사했지만 독자들의 성화에 못 이겨 결국 이 명탐정을 다시 살려낼 수밖에 없었다. 홈스가 왓슨과 함께 탐정 사무실로 사용한 주소는 '런던시 베이커가(街) 221번지 B호'이다. 두말할 나위 없이 이 주소는 지도에도 없고 위성추적장치(GPS)로써도 찾아갈 수 없는 허구적 공간이다.

더구나 셜록 홈스는 범인을 잡는 데 무엇보다도 증거를 중요하게 생각한다. 이 점에서는 동시대의 추리소설이 주로 알리바이에 초점을 맞추는 것과는 꽤 다르다. 셜록 홈스는 담배 가루, 마차 바퀴 자국, 흙먼지, 발자국, 지문 등에서 용의자의 증거를 수집하고 그러한 증거를 바탕으로 범인을 잡는다. 다른 탐정들의 방법과 비교해 볼 때 그의 방법은 훨씬 더 과학적이고 체계적이라고 할 수 있다.

◆ 아서 커넌 도일과 셜록 홈스

명탐정 셜록 홈스는 여러모로 아서 코넌 도일과 비슷한 데가 적지 않다. 어떤 의미에서는 홈스는 작가 도일의 제2의 자아이거나 분신으로 보아도 크게 틀리지 않다. 예를 들어 이 두 인물은 역사에 깊은 관심을 기울일뿐더러 여러 분야에 걸쳐 해박한 지식을 자랑한다. 도일이 왓슨 박사의 직업을 자신의 직업인 의사로 설정한 것도 우연한 일이 아니다.

셜록 홈스는 사람의 겉모습만 보고도 그 사람이 어디에서 태어났는지 어떤 직업에 종사하는지 등을 추리해 낼 수 있을 정도로 관찰력과 통찰력이 뛰어나다. 그는 여성을 관찰할 때는 먼저 옷소매를 보고, 남성을 관찰할 때에는 바지 무릎을 보곤 한다. 언뜻 대수롭지 않은 것 같지만 그것은 셜록 홈스에게는 소중한 단서가 될 수 있다. 유일한 친구인 왓슨 박사를 처음 만날 때 홈스는 악수하는 것만으로도 그가 아프가니스탄에서 왔다는 사실을 쉽게 간파할 정도다. 홈스는 무엇인가 골똘히 생각할 때는 안락의자에 앉아서 파이프를 피운다. 그는 리볼버 권총을 가지고 있으며, 방에서 사격 연습을 할 때도 있다.

셜록 홈스가 탐정으로 처음 등장하는 작품인 《주홍색 연구》에서 왓슨 박사는 홈스의 지식과 기술에 대해 다음과 같이 평가한다. 즉 문학과 천문학과 철학에 대해서는 전혀 모르고, 정치학에 대해서는 조금 알고 있다. 화학과 영국 법에는 해박한 지식이 있다. 바이올린 연주 실력은 수준급이다. 목검술과 권투와 검도에 아주 능하고, 범죄 관련 문헌에는 놀라운 실력을 자랑한다.

◆ 셜록 홈스의 한계

셜록 홈스는 범인을 잡는 명탐정으로 이름을 크게 떨치지만, 일반적으로 젊은이들이 본받아야 할 모범적인 신사와는 조금 거리가 멀다. 특히 21세기에 이르러 그의 몇몇 행동은 문제가 없지 않다. 예를 들어 그는 코카인 같은 마약이나 약물에 빠져 있다. 또한 그는 지독한 흡연가로 거의 언제나 손에 파이프를 들고 있다. 파이프는 사냥꾼 모자와 함께 셜록 홈스를 상징하는 기호와 다름없다. 최근 들어 서양의 여러 나라에서는 흡연을 마약과 거의 같은 수준으로 간주한다. 온갖 질병을 유발한다고 하여 담배에 높은 세금을 부과하고 금연 운동을 펼치고 있다. 또한 여러 나라에서는 공공시설이나 심지어 공원 같은 장소에서도 흡연을 법으로 금지하고 있는 실정이다.

그런가 하면 셜록 홈스는 탐정으로서의 일이 아니면 좀처럼 사람을 만나 친교를 맺지 않는 것도 흠이라면 흠이다. 그가 만나는 사람은 오직 그보다 몇 살 위인 왓슨 박사 한 사람뿐이다. 홈스는 반사회적이라고는 할 수 없을지 몰라도 비사교적인 인물에는 틀림없다. 앞에 언급한 〈보헤미아 왕국의 스캔들〉에서 홈스는 아이린 애들러라는 여성을 만나기는 하지만 연인 관계로까지 발전하지는 않는다. 도일은 그가 평생 독신으로 지내는 것으로 묘사한다.

아서 코넌 도일은 1859년 5월 22일 스코틀랜드 에든버러에서 태어났다. 아홉 살 때 랭커셔에 있는 예수회 예비학교인 호더 스쿨에 들어갔고, 중학교를 졸업한 뒤에는 에든버러로 돌아가 1876년부터 1881년까지 대학에서 의학을 공부하였다. 1881년 에든버러 의과대학을 졸업하고 안과의사로 개업하면서 소설도 쓰기 시작하였다.

1887년에 도일이 출간한 첫 장편 소설《주홍색 연구》는 그다지 좋은 평을 받지 못했지만 1890년에 홈스와 왓슨이 활약하는 추리소설《네 사람의 서명》을 발표하기 시작하면서 관심을 끌기 시작하였다. 도일은 〈보헤미아 왕국의 스캔들〉 이후 폭발적인 인기를 얻어 추리소설 작가로 성공을 거두었다. 1892년에는 이들 작품을 한데 모아《셜록 홈스의 모험》을 출간하였다. 1902년 도일은 기사 작위에 서임되었다. 1930년 7월 심장마비로 사망하였다.

셜록 홈스를 주인공으로 내세운 추리소설로는《주홍색 연구》,《네 개의 서명》,《셜록 홈스의 모험》,《셜록 홈스의 회상록》,《배스커빌 가문의 개》,《셜록 홈스의 귀환》,《공포의 계곡》,《마지막 인사》,《셜록 홈스의 사건집》등이 있다. 도일은 만년에 '세계심령학회' 회장을 지내는 등 심령 연구에 정열을 쏟았고 강연

여행을 다녔다. 그는 '셜록 홈스 시리즈' 말고도《화이트 컴퍼니》,《마이카 클락》, 마이클 크라이튼의《주라기 공원》의 원조라고 할《잃어버린 세계》, 그리고 자서전《회상과 모험》을 남겼다.

—